“十四五”时期国家重点出版物出版专项规划项目
民族文字出版专项资金资助项目

藏族经典寓言小说丛书（汉藏对照）

ZANGZUJINGDIANYUYANXIAOSHUOCONGSHU（HANZANGDUIZHAO）

莲苑歌舞

LIANYUANGEWU

(清) 华智·晋美秋吉旺布　著

觉乃·云才让　译

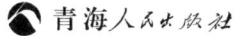

青海人民出版社

图书在版编目（CIP）数据

莲苑歌舞：汉藏对照 /（清）华智·晋美秋吉旺布著；觉乃·云才让译．-- 西宁：青海人民出版社，2023.2（2024.8 重印）
（藏族经典寓言小说丛书）
ISBN 978-7-225-06386-7

Ⅰ．①莲… Ⅱ．①华… ②觉… Ⅲ．①长篇小说—中国—清代—汉、藏 Ⅳ．① I242.4

中国版本图书馆 CIP 数据核字 (2022) 第 191743 号

藏族经典寓言小说丛书
莲苑歌舞（汉藏对照）
（清）华智·晋美秋吉旺布　著
觉乃·云才让　译

出 版 人　樊原成
出版发行　青海人民出版社
西宁市五四西路 71 号　邮政编码：810023　电话：（0971）6143426（总编室）
发行热线　（0971）6143516 / 6137730
网　　址　http://www.qhrmcbs.com
印　　刷　青海新华民族印务有限公司
经　　销　新华书店
开　　本　787 mm × 1092 mm　1/32
印　　张　5
字　　数　100 千
版　　次　2023 年 2 月第 1 版　2024 年 8 月第 2 次印刷
书　　号　ISBN 978-7-225-06386-7
定　　价　28.00 元

导 读

文学作品是作者通过自己的观察和想象，把身边的故事和生活经验艺术化呈现的结果，而经典作品则是这一结果的具体表现，不过“只有当读者亲眼看到文学家他表明的一切，当文学家使读者也能根据自己个人的经验，根据读者自己的印象和知识累积，来‘想象’——补充、增加——文学家提供的画面、形象、姿态、性格的时候，文学家作品才能对读者发生或多或少的强烈的作用”[1]。藏族经典寓言小说也是作者通过对主人公人生经历的描写，抒发内心的情感纠葛，反映事件的历史背景和人物的坎坷命运，而个人的命运往往是历史叙事的最佳素材。“文学家从生活中得到大量的感性材料之后，将这些感性材料熔铸成活生生的形象，以具体生动感人的形象反映现实生活。”[2] 很多藏族经典寓言小说都是

[1] [苏联] 马克西姆·高尔基．给初学写作者的信 [M]. 论文学．孟昌，曹葆华，戈宝权，译．北京：人民文学出版社，1979：225-226.
[2] 庞天佑．中国古代文学作品的史料价值研究 [M]. 北京：中国社会科学出版社，2007：212.

如此，反映了特定历史时代中的现实生活。

寓言小说《莲苑歌舞》的作者华智·晋美秋吉旺布于1808年生于康扎曲卡（石渠县），故人称“扎华智”。他具有超凡的悟性和智慧，幼小时便通达文字的读写及解义，认定为华格·桑登彭措大师的转世。华智·晋美秋吉旺布是一位隐而不露的大成就者，他衣着破烂，形如乞丐，四处浪游，随意在森林、山洞或不知名的途中停歇，居无定所。关于他的许许多多引人入胜的故事，一直被人们津津乐道、代代相传。华智·晋美秋吉旺布对于佛教经、律、论及宁玛派隆钦饶绛巴和吉美林巴尊，萨迦派萨迦班智达，格鲁派宗喀巴等藏传佛教各派大师们的著作都作了广泛的闻思学习，完全摒弃了宗派偏见，毫无偏颇地教导各派弟子。在事业圆满的最后五年中，华智·晋美秋吉旺布一直住在吉美嘉瓦尼格大师的遗塔附近，五年中的每年都举行修供仪轨，声誉遍及整个西藏。

《莲苑歌舞》讲述了一对恩爱伴侣金蜂和玉蜂的故事，他们享受着幸福的生活，虽然有心修行，但却没有付诸行动。在一次暴风雨中玉蜂遭难死去，万念俱灰的金蜂，跟随青年婆罗门莲喜（白玛杰巴）苦修菩提，修成正果。作为一位伟大的上师，华智·晋美秋吉旺布有着极其平凡的形象，不认识他的人，都想不到他是一位隐而不露的大成就者。他四处浪游，除了广泛地讲经传法外，还教化广大民众向善，甚至说服强盗与猎人放弃劫夺和杀生。作者的经历对创作《莲苑歌舞》奠定了非常好的生活基础，并且这篇寓言小说的创作源于真实的人物和事件。

马学良、恰白·次旦平措等编的《藏族文学史》里说："这本寓言小说的中心思想是通过玉蜂的遭遇说明人在大自然的力量面前，是无能为力，借此宣扬世事无常，唯有及时修佛，才能解脱苦难，否则就会坠入恶趣受苦无穷。"[1] 他们虽然阐述了这篇小说的中心思想，但是并没有揭示小说背后的寓意，为此苏南加措在他的《论经典名著 < 莲苑歌舞 > 的思想》中说："婆罗门白玛杰巴其实是隐名，实则是作者本人，金蜂白米德央是侍寝官儿子扎西格来，玉蜂白米昂聂是居仓女儿仁增卓玛，麻雀之首是曲科寺的领颂师。还有青蛙等动物都有现实的原型。"[2] 根据有关史料记载，这篇寓言小说是华智·晋美秋吉旺布在丹科莲花岩洞打坐修行时，侍寝官儿子扎西格来和居仓女儿仁增卓玛结为夫妻，过着幸福的生活。不久后，此地瘟疫肆虐，居仓女儿仁增卓玛和很多当地民众一样不幸染病丧命。侍寝官儿子扎西格来深陷丧妻之痛，从而皈依华智·晋美秋吉旺布，遁入空门。

黑格尔说："悲剧人物的遭遇死亡所引起的惊恐，也必然同他们的正义行为所引起的敬仰结合在一起。"[3] 所以小说

[1] 马学良，恰白·次旦平措，佟锦华编．藏族文学史 [M]. 成都：四川民族出版社，1994：843.
[2] 苏南加措．论经典名著《莲苑歌舞》的思想 [J]. 西藏研究，1991（1）：94.
[3] [德] 黑格尔．美学（第一卷）[M]. 朱光潜，译．北京：商务印书馆，1979：78.

引起的沉痛、哀伤、怜悯、惊恐，不是把人们引向悲观消极，而是使人们得到激励振奋。这篇小说取材于作者身边的故事，内容是以宣传佛教出世思想为目的，而其中蕴含着丰富的人文哲学和美学思想,更是保存了非常珍贵的史料。《莲苑歌舞》在内在逻辑和思想深度上堪称经典，外在的语言形态上，也颇有建树，具体而言，其表现手法非常独特，它采取的是韵体和散文体风格，即韵散结合体风格。这种风格，押韵流畅，便于朗诵和咏唱，且有一种古朴、圆润、铿锵、和谐的质感和乐感，而散句句式的灵活多变、长短不一、自由活泼、生动感人等特点，又使小说语言显得丰富多彩，语气显得舒卷自如，整个体式看似封闭实则开放，看似单一实则文备众体，从而深蕴藏族古典文学和藏族古典文化的双重含义。

总之,《莲苑歌舞》内在的戏剧冲突上，除了直接刻画、间接描写，对小说中的人物形象和动物拟人形象所处环境中的自然景物，大胆地加以夸张描述，以此衬托人物内心情感和活动，增加作品的艺术感染力。由此可以看出，该寓言小说的作者其想象力是瑰丽多彩的，其驾驭文字能力也是高超杰出的。

目 录

出世法言莲苑歌舞

嗡，巴扎帝恰纳！
一切祥瑞之征兆，
载满号为荣誉称，
高扬妙法胜幢者，
文殊智尊赐保佑。

某时，手持莲花观音加持，戒莲王者亲临，莲花瑜伽度母所化刹土，挺拔莲花山，方广林海，似皎月水晶莲花洞里，居住着一个名为莲喜的婆罗门少徒。他凡事明白，到处云游，随风而安，遇人和睦。故好比生于污泥里的莲花，修

佛子行，行菩提道。

此时，不远处，树林成片。草甸如镜的方位，有个人称聚荷乐园的莲苑，可见莲苑里，骄纵的莲花，茎梗长；旺盛的莲花，瓣叶宽；成熟的莲花，蜜蜂多；绽放的莲花，绿叶硕;未熟的莲花，新芽闹;闭合的莲花，合掌拱;衰败的莲花，蕊丝吐；谢落的莲花，津液干；调零的莲花，叶落地；欢笑的莲花，花心露；隐伏的莲花，幽处躲；天然的莲花，处处绽。莲花中有三株，骄纵成熟，格外鲜艳。其中两株莲花集聚兴旺，花枝招展，另一株莲花，虽分外娇丽，都从未被人戏玩和亵渎。

某日，如是莲苑里，群蜂飞舞，肆意游玩。其中特别有一对蜜蜂夫妻，他们是金蜂叶宽和玉蜂音妙。金蜂年少、青春、聪慧、心宽、文静、为人本分，乐于施舍。玉蜂乐施、笃佛、心善、忠贞、从无妒心，为人随和。他们两个情投意合，笑脸相待，妇随夫唱，结伴不离。彼此不吝吐露心中的爱意，以诗为证。

艾玛[1]青春年华，
不是画匠所绘，
心善自然而成，
美若上天比拟。

[1] 叹词，打招呼时用。

财富享乐未备，
所见前世获得，
似花褥垫不织，
自我可以享受。
花蕊美酒无酿，
百味佳肴可饮。
如此享乐不勤，
自形前世之业。
不辞笃信妙法，
如获暇满人身，
能言意会行恶，
不必羡慕人类。
请听我的宝贝，
此处莲苑幽幽，
甘露滋味极浓，
同声群蜂挤挤，
夏日风光短暂。
死因突然无凭，
苦乐变化无常，
死神步步逼近，
虚度幻灭人生，
小图毫无意义。
轮回世事繁杂，

长短永不了息，
持久宏图此生，
寿尽终无所得。
此苑虽然安乐，
终离全无益处，
倘若体察我心，
你我步入空门。
我的心肝宝贝，
是否也有此愿？

对方答道：

是的是的宝贝，
汝言正合我意，
句句肺腑之言，
好比长寿甘露。
不是置身仙界，
人间美丽莲苑，
有缘成双蜂儿，
享乐人间妙欲，
实乃前世之业。
虽然美丽照人，
所见皆为魔术，

虽然富贵一世，
享乐皆为虚幻，
虽然贪图执念，
永远难以满足，
此乃无常本性。
你若装饰肺腑，
我会内心绘图，
抉择岂能有变，
你我比翼双飞，
一心遁入空门。
积攒财物无益，
终究他人享乐，
贪欲俗执有害，
真情付出招怨，
建筑斋舍不牢，
化为夺命滚石，
所耕田地无用，
成为小虫屠场。
但凡追求妙聚，
需要持之以恒，
一时心血来潮，
无法命定纵横，
誓言刻在心里，

他日获得自由。

此时，有个心地善良、性格平和、乐于利众、名为顿根珠巴的仙人，也到达此地。蜜蜂夫妻随即前往，恭顺见礼，供养甘甜的蜂蜜，用心悦的言辞恳求道：

“大仙方士啊，你是再生的世尊，请把世尊的教法，传授给我们吧！你是佛法的灯塔，请把修持的妙途，教导给我们吧！你是佛门的僧伽，请把佛子行，指点给我们吧！我等愿意跟随你，进入正法的妙途。”仙人听后，面露喜色，但是不失威严地道：

南无圣者上师尊，
贤良救主仙中仙，
无比依主调御士[1]，
顶礼膜拜世尊您，
六道众生挽正法！
前世命定夫妻俩，
心向佛门请闻之，
世尊教言须思察，
妙法要义须铭记。
六道轮回众生等，

[1] 谓佛世尊。

漂流苦海时间久，
业力烦恼皆无穷，
无数劫里随波逐，
不闻世尊之名号，
遇法难如白天星。
千佛第四乔答摩，
释迦世尊降人间，
法轮次第转三次，
末法教期未尽之。
自有心寻殊胜道，
有缘良师在身边，
若未定心追妙途，
来世不生此圣域，
三宝称名都难闻。
呜呼幻生凡是夫，
常念修行执无常，
外器世间蓄无常，
内幕世间寿无常，
中心四时时无常，
诸佛佛子大圣贤，
且看涅槃无常详！
世间主宰大梵王，
难逃死神复何说？

生命无常芸芸众，
何时何地死无定。
倘若不速求圣道，
众生必死如就屠。
呜呼死后不归空，
重复轮回人世间，
随生何处无安乐：
十八地狱冷热苦，
饿鬼饥渴食彼此，
凡间短寿修罗斗，
诸仙放纵临死苦。
处处不安似火坑，
世代魔难连贯之，
轮回俗事生厌离！
呜呼苦乐皆生业，
业如画师无两样，
业熟百劫都不灭，
自作不变成他受。
善业获乐终解脱，
恶趣生苦忙俗执，
因少亦能众果熟，
天界幸福固充足，
恶道地狱极痛苦，

所行自业无他因。
故此随时和随地，
所知所念严为本，
因果舍弃须慎重！
呜呼接引解脱灯，
福德妙聚上师尊，
浊世真佛行就者，
慈悲无量恩如佛。
若不依从真善师，
如同盲人寻迷途，
故此聚乐如意树，
贵在择师须慎重！
终学师德心相交，
有此福德不由魔，
可得诸佛乐妙途。
呜呼涅槃寂乐处，
离别俗务诸妙法，
丧尽苦因究竟道，
无漏之途解脱城，
佛及佛子满聚集，
声闻菩萨皈依处，
勤勉究竟解脱道。
呜呼不欺皈依处，

恩德无比三宝尊。
我因皈依受益多，
汝也可以皈依他。
只要心中实诚在，
三时不欺唯三宝，
能救苦海亦三宝，
一经皈依福似天。
此生八难十六苦，
能阻险恶诸业障，
来世诀别恶趣道，
轮回痛苦定能除，
时刻不忘三宝恩，
祈愿获其为保佑。
呜呼诸佛涅槃处，
一切佛子唯行途，
无比菩提至尊宝，
如愿保佑获永生。
从此便得菩萨称，
乐途之中寻妙途，
离正等觉并不远。
三界众生恩父母，
无救无师瞎子游，
欲乐行为皆是苦，

为此慈悲怀心中，
众生痛苦我来除，
念此武装菩提心。
自他选择为利他，
尤其四个无量心，
六度四摄为紧要，
若能勤勉永修持，
谓曰佛子诸行为，
归为妙途六度中，
如来所喜之妙道，
精华所在记心间。
呜呼轮回多漫长，
无始积恶堆如山，
若不依凭四巧诀，
历行恶业为忏悔，
难脱恶趣轮回道。
殊胜诸佛集一身，
本传诸师为聚宝，
金刚菩提皎似月，
白莲月座露浅笑，
念修百字大明咒，
永摧恶业和堕功，
铲除恶趣地狱灾。

呜呼积善方能觉，
反则难获诸成就。
故此利用为善巧，
意化供养诸佛土，
三千世界皆度化，
法身刹土为一体，
身财三世诸善根，
供养三宝三身尊。
自资圆满供佛土，
众生得利福德广，
故以积资为善根。
呜呼初始生无明，
执念无我陷轮回，
无身恋身生爱憎，
故此无惜虚幻身，
不吝化为供养品。
甘露为性供三宝，
下施六道满二资，
自清孽债诸业障。
心化供品百物等，
上供下施为善业，
诸法乃心一部分，
真舍本身同资粮。

若能大舍为印象，
资圆除净阴光明，
救死病魔清业障，
故是善巧为资粮。
鸣呼妙聚恩三宝，
诸佛本性至尊宝，
三续上师加持者，
根本导师应祈祷。
修行头顶和心间，
福德等同诸如来，
三续上师加持心，
师我之心融无别。
所求有意为证悟，
重在上师持瑜伽，
三字光受四灌顶，
四障清净为善缘，
以证四身和四持，
修行四道誓言之，
有寂诸法化上师。
暂息不睦如意愿，
今生法身有意义，
即使不如自己愿，
来世投胎莲刹土。

从彼行径四明道，
如幻获得出生觉。
利益众生广如天，
身智光明般尘世。
呜呼诸佛唯一道，
三续持明承教言，
八万四千妙聚法，
此乃佛法之精要。
纵是百圣和千贤，
除此别无妙法言，
此乃妙法之甘露，
进入无数圣僧心。
听讲此道资粮众，
能令无边芸芸众，
依此妙途此生中，
祈愿获得正等觉！

大仙对蜜蜂夫妻加持和赐福后，云游四方，所见、所闻、所念、所言皆为利济众生，后在弥门提勒寺中，犹如薪尽之火，圆满证得肉身无余涅槃。

此后，蜜蜂夫妻，虽然能够遵照大仙的教言行事，然则时而放荡游玩，贪恋人间景物，度过时日。某日，在音妙正吸吮花蕊里的甘露，而叶宽欢快地飞翔在空中玩耍之际，突然乌云遮住了太阳的光，不久，乌云中下起了冰雹。莲苑里的荷花，每片荷叶拢在一起，不料音妙被包围在花苞里，喘不过气来。虽万分恐惧，却不能言说，嘴里只管嗡嗡乱叫。受到惊吓的叶宽，悲痛欲绝，但不知如何是好。于是坠落在莲梗中间，辗转翻滚，哀声唱道：

呜呼所见所遇，
何等让人恐怖，
呜呼不明不白，
突发如此事故，
究竟何魔出现？
高悬天上日轮，
孰能遮盖其身？
大地盛开百花，
何以无辜践踏？
心爱宝贝何在？
温柔舞者何处？
妙音歌者何在？
私语吐者何处？
美丽笑者何在？
盘旋飞者何处？
绿叶眸者何在？
六足俊者何处？

彩衣披者何在？
乌发辫者何处？
我的心肝何在？
叶宽腹空奈何？
我的阵阵哀声，
音妙可曾闻见？
叶宽询问未回，
愤怒心如刀割。
可憎天上乌云，
陷害无辜小蜂，
叶硕莲叶至尊，
是否困在花苞？
万般利众阳光，
切莫藏在云间，
速速光芒再照，
横扫乌云之风。
若是风神多好，
张开百瓣莲花，
若是巨人多好，
弱小蜂儿遭遇，
天穹能否目睹，
借我旨训恶云！
音妙音妙宝贝，

音妙音妙心肝，
音妙音妙天使，
音妙音妙恋人，
呜呼叶宽哀哉！

叶宽悲愤地啼叫着，音妙也缓过神来，可以小声说话，她在花苞里，呼唤叶宽的名字。叶宽闻后，知道音妙虽然被困在花苞里，但尚活着，心里格外欢喜，对着花苞，呼唤音妙。

音妙听见叶宽的召唤，得知自己已圈在莲花的花苞里。于是心里想，阿卡卡[1]，我们俩曾经师从大修行者顿根珠巴门下，接受了深邃的教言，然而不曾修行，虚度年华，只怕将在遗憾中，耗尽阳寿。如今在花苞里一命呜呼，还是骄阳再次出现在空中，映照花丛，我能否飞出花苞，重见天日？音妙悲痛欲绝，随即答道：

喂喂叶宽喂喂叶宽，
叶宽你乃天之骄子，
音妙悠扬如耳甘露，
虽闻你的呼唤之声，
何以不见青春模样？
突降死神可怕使者，

[1] 表示惊叹，同“哎呀”。

我是不曾任何发觉。
利众骄阳不见空中，
如今躲到哪里去了？
柔嫩花瓣好比坐垫，
甜蜜精华似那甘露，
芬芳香料弥漫芳香，
妙欲享乐莲花丛中，
何以成为夺命之鬼？
柔细花瓣宛似牢狱，
富贵露珠好比枷锁，
所见突变措手不及。
恩泽上师修行大仙，
赐予教诲甘露之时，
所说轮回无常本性，
如今显在咱俩身上。
利乐堪比神仙享乐，
眨眼工夫烟消云散，
被迫闯入阎王城门，
人间沧桑生死疲劳，
虽曾念想修行妙法，
未能及时全力修行，
迢迢千里黄泉路上，
岂有证悟菩提妙道？

虽曾想过死神突降，
不知死期何时到来，
闲散懒惰成为习性，
光顾死神后悔莫及。
苦海本性心里明白，
未能断除执念所系，
五境鬼怪引诱五官，
痛苦轮回露出本色。
果报思想念在心里，
不懂实践志在取舍，
虚度年岁荒废人生，
不曾积德善因之果。
喂喂心肝青年蜜蜂，
曾闻死神非常恐怖，
看来此次已经光顾。
栖息之地莲花之苑，
不曾想过终究离舍，
此番死神毫无疑问，
把我牵入鬼门关口。
享受香甜美食精华，
不曾半点舍弃之意，
此番不由天网恢恢，
嗅闻素烟近在咫尺。

众生之道极为宽敞，
除此没有更好妙途，
此番阎王带至不归，
经历黄泉似无选择。
至亲父母在世之时，
不曾想过毅然离开，
此番法王所在之处，
不去转悠别无出路。
养就家属蜂蝶虫豸，
虽然心中不愿分离，
此番来世不明道上，
好似无伴远行千里。
身披柔细棉毛之装，
不曾想过彻底脱掉，
此番落在死神之手，
兴许赤身裸体牵走。
此生伴侣金黄叶宽，
不曾想过分离半日，
此番暴露人生有漏，
似将往赴难见闻地。
喂喂可爱幼年情侣，
自从相识相伴至今，
慈容微笑常开丽颜，

不曾见过黑脸动怒。
慈爱言语常响耳畔，
不曾闻过厉声相责，
心地善良情谊长存，
不曾见过忽热忽冷。
短暂久远诸多享乐，
不曾见过尔我分别，
长时短时消费所在，
不曾见过不悦之色。
厚道耿直心系深意，
长时不辞念在心里，
相伴相知不愿聚散，
绵绵情意记在心里。
情投意合所有私语，
记挂心中不曾忘记，
不离不弃相伴时光，
浮现脑海从来不悔。
所栖住地似将离别，
为是住地从来不悔，
所攒财物好似舍弃，
毕竟曾拥从来不悔。
自己仆从好似离开，
主仆一场从来不悔，

所爱身体似是分别，
青春年华从来不悔。
惋惜生命将要分离，
所执幸福不曾后悔，
唯独离别心爱宝贝，
痛苦懊悔油然而生。
思念恋人慈爱脸庞，
纵横泪珠夺眶而出，
思念恋人淳朴宅心，
心中痛苦黑暗恢恢。
思念恋人妙语连串，
心中痛苦势如燎原，
如今到了如此田地，
孰能改变命中注定？
谁能抗拒死神到来？
即便你我聊以自慰，
请你不要懊悔丧气。
也许太阳光芒出来，
重见天日获得重生。
故此你要坦然面对，
即使未脱死在此地，
惺惺相惜心友如君，
往昔爱意温存心间，

亲密相间再无第二，
此生满足已达最终。
曾经甜蜜相处之时，
刻在石头心中誓言，
如今尚在心里记否？
今后即使永远诀别，
你心誓愿不要荒废，
一心致力诸如妙法，
除此没有其他遗言。

叶宽听后随即答道：

哎玛音妙哎玛音妙，
音妙璁玉小蜂听我，
不惧不惧心要平静，
莫怕莫怕坚定信念，
举棋不定空中乌云，
永远长存太阳光芒。
虽然突发意外事故，
烟消云散自清业障，
此番灾难定是摆脱，
眷从鸟虫蜂蝶众多，
派上使者通告一声，

定能完成意中所供。
积蓄财物蜂蜜宝库，
大举施舍方能消灾，
咨询云集智者贤达，
方知除邪避难之法。
依靠其他贤能俊杰，
自然阻挡团团乌云。
无方村落洞穴之间，
小黑乌鸦频频鸣叫，
据说他有先见之明，
若请出山定获预言。
雄伟碉楼窗口檐顶，
集结麻雀叽叽喳喳，
说是念诵诅言咒语，
迎接雀群颂扬经忏。
水井池子沼泽地上，
居住丑陋褐皮蛤蟆，
说是黑皮妖龙使者，
请教此君自有妙计。
洞穴枝叶藏身之处，
出没凶残弯曲黑蛇，
说是千年水怪化身，
依靠此君驱散乌云。

山间土穴自挖洞里，
常年修道肥硕旱獭，
说有闭关成就定力，
依从此君赐予慧心。
赏心美丽树枝头上，
悠扬歌唱绿鸟杜鹃，
说能及时呼唤降雨，
行贿此君获得妙音。
辽远羌塘无人草原，
天国使者白口野骡，
说有阳光至尊宝贝，
往请此君延颈掀唇。
居无定所偶在洞穴，
嗜杀猎手九足蜘蛛，
说是乌屠恶龙化身，
靠近此君施展计谋。
空中山顶悬崖之上，
呼啸展翅赤褐鹞鹰，
说是鸟王天鹏使者，
依赖此君所向披靡。
未有不可抗拒灾难，
未有无法洗洁罪孽，
未有不能扫清业障，

未有邪魔不能调服。
有识有谋金蜂叶宽，
岂能消沉难以自拔，
千方百计寻出法来。

叶宽说毕，随即前往大乌鸦处问询。大乌鸦告诉他说：

龙是祸根鹏能治，
风能阻挡解法多，
暂时凶险终无妨？

叶宽又飞到雀群中，雀群的头领说：

有漏加持如火焰，
可以燎原前世林，
业障草堆何须说？
供养经常不能断。

叶宽又飞到蛤蟆身边，蛤蟆说：

其貌不扬蛤蟆我，
黑色龙怪之使者，
乌云来自天龙部，

为其恳求可消灾。

蛤蟆说完，目瞪天际。叶宽又飞到蛇的旁边，蛇说：

水主愤怒蛇头间，
蒸气乌云降冰雹，
水主头冠属于蛇，
我有驱散乌云法。

蛇说完，全身蜷缩起来。叶宽又飞到旱獭身边，旱獭说：

我常闭关入定思，
然则难却金蜂情，
时刻念诵除难经。

旱獭说完，眼睛眯缝着看他。叶宽又飞到杜鹃身旁，杜鹃说：

雨雾天界顾命者，
乃我春使杜鹃也，
去留少有自由行，
如何是好想办法。

杜鹃说完，颤动着颈脖。叶宽又飞到野驴旁边，野驴说：

硬朗白嘴野驴我，
上唇如意似宝贝，
驱散乌云之扫把，
求我没有一点错。

野驴说完，举唇鸣叫。叶宽又飞到黑蜘蛛旁边，黑蜘蛛说：

妖龙愤怒之嘴蒸，
消除别有其他法，
虫蜂群起荤宴中，
避邪法事我来做。

黑蜘蛛说完，纺织大量鬼条怪线。叶宽又飞到鹞鹰身边，鹞鹰说：

伏龙大鹏乃是我，
吃蛇食蛙龙财劫，
铁爪锋似天杵般，
外阻全可粉碎之。

鹞鹰说完，呼啸着飞到空中。叶宽求救于大小动物和鸟虫，并且获得他们的勉励，于是心想，若果真如他们所说的那样，空中乌云驱散后，重见天日该多好啊。正在举头看着空中时，天上密布的乌云，翻江倒海般滚动起来，南方雷鸣阵阵，狂风骤起，荷花的花瓣纷纷紧闭，音妙在花苞里，越发被困，腿脚无法展开，气喘吁吁，几近无法出声。她低声哀叹道：

鸣呼叶宽天子，
全身禁锢花苞，
花瓣刺如荆棘，
叶根硬似石头，
手足无措难展，
吼中气喘吁吁，
嘴里难吐言语，
如今定不逃脱。
雷鸣电闪四起，
忽来狂风暴雨，
荷花随风飘摇，
似是河池荡漾，
待命乌云冰雹，
疑是再次要来。
池中涟漪成波，
湖底软草飘荡，

截断荷花劲根，
恣意扁平硕叶，
熟果打成满地，
绽放花朵凋谢。
势如天翻地覆，
岩石几近粉碎，
山林恐近破坏，
不止狂风暴雨。
如今你要逃命，
音妙自当无救，
生死诀别之际，
不言繁重措辞，
简要给你道来。
往昔大仙所言，
而今刻骨铭心，
痛苦轮回本性，
此番彻底见识。
诸法无常妙语，
如今甚觉其意。
聚散固有不定，
汝也切莫悲伤，
我将奋力迎难。
往日语言似绳，

如今尚未解乎？
往昔刻石内心，
如今尚未抹焉？
誓言钻土木桩，
如今尚未拔吧？
痛苦本性轮回，
悲从心中生否？
生死未卜人生，
有无心生出离？
诸多妙欲疑惑，
有无心生厌倦？
有聚必散定理，
是否产生信念？
虽然遇见诸佛，
后悔未曾断念；
虽然闻见法音，
后悔未曾修持；
虽获暇满人生，
后悔未求妙果；
虽知生死无常，
后悔未修妙法；
虽闻果报思想，
后悔不曾实践；

虽闻苦海劝导，
后悔不曾生悲。
如今突降死神，
死神黑脸似漆，
可见凶杀目光，
心中油生惧怕。
可怕黑暗迎前，
不见业力心慌，
业力狂风拥后，
未获自由心堵。
喊杀雷声阵阵，
可怕心生幻觉，
小鬼狱司狰狞，
我心骤起波涛。
死神绳索挂颈，
不由牵走我惧，
苍茫黄泉路上，
孤苦伶仃我怕。
游荡陌生险地，
举棋不定我惧，
六道好比繁星，
不救无主我怕。
虽然心向妙法，

暂且未修似我，
心中爱恋小蜂，
挂记此意修法。
不延修行正法，
不闲修法抉择，
不退修行坚定，
不躁持之以恒。
无论遇到何苦，
切莫放弃修法，
无论生死逢难，
切莫放弃誓言。
今生享乐鬼言，
不记可当嘲笑，
闲散懒惰惑因，
不念如毒可弃。
此生系为如法，
法缘可为度之，
你获如意宝地，
我得解脱之道。
是否获得妙果，
生死再次相遇，
权当你的作为，
希望寄予来世。

死后洞穴回目，
除此别无遗言，
此意记挂你心，
而今寻找安全。
我虽步入黄泉，
心中自有念想。
冰雹再袭之前，
你寻藏身之处。
如今只好道别，
祝愿贵体安康，
祝愿获得长寿，
祝愿喜得妙法，
祝愿心想事成！

音妙说完，气喘吁吁，难言其痛苦之状。此时，叶宽心如刀割，不知如何好，嘴里只管说“阿卡卡”。随后天上电闪雷鸣，狂风冰雹，倾泻而下。叶宽手足无措，匆匆钻进山洞中，嘴里“哎呀哎呀”地啼鸣着。紧接着冰雹下得越发密集，滚石飞沙弥漫谷底，似兽洪水惊涛翻滚，霹雳响声破天裂地。山区夷为平原，湖泊沸腾如血。花草树木，大者摧毁，小者倒伏，长者折断，短者沉压，纤细者连踪影都已绝。过了一会儿，天空中的乌云已经驱散，明净温暖的太阳出现在头顶，叶宽向莲苑飞去，但见出生于草甸和泥水里的花朵，

粗大的横七竖八，藐小的则连根拔起。水里的莲花，遭到冰雹的袭击后落入水下，天晴后又浮出水面。舒展的荷叶中，几只蜜蜂斗舞，格外欢快。音妙钻进的荷花，虽不曾被冰雹摧毁，但是已经落入湖中，已经死去的音妙，粘贴在花瓣里。面对如此的惨状，叶宽极为痛苦，心跳胸闷，泪水夺眶而出。往昔明亮的阳光，绽放的莲瓣，群蜂戏耍所带来的欢心，都已经荡然无存，他用悲痛的声音哭诉道：

呜呼呜呼呜呼，
悲苦悲苦悲苦，
轮回疾苦秉性，
且看惨不忍睹。
无常梦幻城镇，
且看遭遇败坏。
无常迷人宅房，
且看已经崩塌。
虚假不真享乐，
且看如此露骨。
早前绽放花朵，
此时枯枝败叶。
早前繁茂绿叶，
此时凋谢殆尽。
今朝幸福美景，

此时悲苦顿生。
曾经相伴良友，
而今身心别离。
之前闲适叶宽，
如今精疲力竭。
过去所执妙欲，
如今成为苦因。
今晨美丽六足，
此时变为死尸。
思绪此情此景，
悲伤心中生来。
慌慌内心慌乱，
变变思绪变幻，
颤颤身心颤抖。
不请可怕死神，
岂料降临她身，
何时光顾我体，
知此唯依上师。
悲兮叶宽悲兮，
归心清净佛门，
劳请师尊保佑！

叶宽哭诉良久，心中的痛苦不减反增。他无意留在此地，随即飞向峰高莲花山，婆罗门少徒莲喜的住地，在露水无数翠柏花瓣间，低吟悲伤之歌。道：

呜呼美丽莲苑，
宛如悲痛都市，
看似享乐无穷，
实则痛苦难言，
心肝宝贝爱人，
成为一堆腐尸。
时刻思念妙法，
请求三宝保佑，
如今归于佛门。
筑倒斋舍何用？
积尽财物何用？
聚散亲眷何用？
落第身份何用？
生死执念何用？
前世命定爱人，
孤游黄泉路上，
此刻唯依正法。
若未修行妙法，
虽富无可购买，
虽多无可掠夺，

虽亲无可如愿。
从善无可奉送，
死期无法更改，
不修声闻无益，
不耕土地无收，
不骑骏马难调。
如今凡事皆空，
余生归于空门。
没有处处树敌，
不需调服宿敌；
没有照顾亲眷，
不需拉帮结派；
没有积累财物，
不需忙于奔波；
没有攀登高位，
不需点头哈腰；
没有结交相好，
不需交缠爱情；
无心思恋穿着，
难寻温暖可人；
无心贪念饮食，
难找香甜之味；
无心留在斋舍，

不需添砖加瓦。
此生所有执念，
实乃魔鬼所附。
无思无虑幻觉，
实乃宿敌所在，
无思处于恬静，
无虑进入禅定，
无念瞻仰法体，
隐居悟者乐哉！
免除幻觉无疑，
懂得取舍不假，
本心不改泛泛，
通达空性乐哉！
远离执念心静，
发不润色下垂，
行不造作率性，
本色瑜伽乐哉！
脐轮火燃开阔，
定力驯熟无食，
内证灵通赤身，
道相瑜伽乐哉！
毅力顽强苦行，
能守誓言独处，

水石足摄生命，
戒禁瑜伽乐哉！
如法修行皆乐，
贪恋今生诸苦，
清幽山野安乐，
轮回城邑皆苦。
依靠三宝如愿，
名望常遭祸患，
官家交纳足够，
索多即刻罢休；
仆人赏赐不少，
求多即刻赶走；
亲朋抚养足够，
贪多即刻罢休；
怨家仇人争斗，
不止即刻罢休；
良田勤于耕耘，
不收荒地可弃，
常年住在寓居，
心烦步入空山。
腹中充饥几时，
永不满足行苦，
穿着御寒衣裳，

自当裸体阔别。
如今归于佛门，
一心修持妙法。
此乃我的誓言，
诸佛请等垂念，
此乃我的信誉，
甘愿自我主张。

对此，莲喜心想：金蜂叶宽虽然对佛法钟爱，秉性坚定，但是此番遭遇变故，偶然生起出离之心，未必有持之以恒的决心，不如试探一下。于是唱道：

喂喂金蜂叶宽请听我，
为何独自一人唱悲歌？
此番命中注定毕生伴，
突降死神套绳所牵引，
切莫悲伤应该持坚贞。
出世法根俗法亦圆满，
俗法乃是轮回根本乐，
不为随喜出世法何用？
修持妙法只为求安乐，
事故一友何以便无友？
并非一死便贫任何计，

时苦时乐本是轮回性，
不同康乐另有百次生。
厌离人世魔王所使幻，
莫非为君不知其要害？
短暂信念终究有变化，
难道为君不知其道理？
草率布施如同儿戏般，
难道为君不知其荒唐？
突遭厄难发生一刹那，
莫非为君不知其患失？
二道兼顾智者所力行，
难道为君不知其解道？
享乐能识密宗巧法子，
莫非为君不知其捷径？
争夺帝位乃是佛子行，
难道为君不知其利众？
积累财物乐于施舍之，
莫非为君不知其六度？
没有毅然决心之诺言，
终究成为各类背怨因。
没有秉持恒久之苦修，
终究成为不同邪见因。
坚持不久厌世欲出离，

谨防终成自失体面因。
不曾入定表面隐深山，
小心终成心生烦恼因。
未证空见游走险要地，
谨防终成鬼怪玩弄因。
未获妙果戒禁行为者，
小心终成坠入地狱因。
未改本性改变之装扮，
谨防终成别人嘲笑因。
未曾调查轻率攻心之，
小心终成生起懊悔因。
事无定准举动频繁之，
谨防终成众人讨厌因。
未证见道狂言能先知，
小心终成自他俱毁因。
不生慈悲自当行利生，
谨防终成人皆招厌因。
未曾细微辨别与观测，
不可心中所想皆言之，
不可嘴里所言皆实施。
把握不失乃是最紧要，
执持不舍乃是最紧要，
言之不虚乃是最紧要。

为君叶宽心中记此念，
此乃莲喜肺腑之言辞，
实为本人体验莫耻笑，
实为密切私语别谴责，
请您慎重接纳予体察！

说到此处，叶宽对此有些不满，随即唱道：

且看寂静山林中，
婆罗门君多闲适，
莲喜之尊多欢快。
孤苦伶仃小蜂我，
为君陪伴情谊深。
悲吟叶宽虽卑微，
诉说忠言够仗义。
落难哀伤之金蜂，
抚慰之言恩铭记。
符合两谛诸妙语，
含有真理堪称奇。
面对痛苦之轮回，
心生厌离小蜂我，
往昔依从贤者前，
一心一意图正法。

修道誓言刻心间，
而非偶然故作态。
早已眷恋清净林，
钦慕贤者诸传记，
远离寻常之行为。
全心顶礼三宝尊，
敬重恩惠之上师，
归心绝无谬误处。
宽心大度对宿敌，
真诚情怀对亲眷，
不做恶斗积怨孽。
顶礼膜拜佛法僧，
布施下人无能者，
不为无效之施舍。
自身功德藏深处，
别人功德要赞扬，
不为狂妄粗野行。
命中注定之伴侣，
突遭厄运归西天，
此番无常亲眼见，
厌离之心油然生，
所言不曾一句假。
誓言牢记在心里，

勤奋修行自勉励，
所说绝无半句虚。
意气相投莲喜君，
曾经亲拜上师佛，
深奥教言已得否？
往昔闻思诸经纶，
词句疑惑已解否？
过去隐居山林中，
妙果证悟已获否？
神妙欢歌山岩唱，
证境功用已显否？
行为闲散不刻板，
行经奔放多随意，
圣道妙途一寻否？
纵观轮回之儿戏，
厌离之心已生否？
为君道出妙法言，
为君唱出圣道歌，
为君道出无常喻。
贬低轮回之苦乐，
赞扬解脱之功德，
歌颂清幽深山谷。
金蜂小蜂叶宽我，

隐居山中修妙法。
厮守妙法如伴侣，
时刻内观自己心。
肺腑之言告知汝，
请你慷慨赐教我！

叶宽道完以后，婆罗门仙人莲喜觉得，金蜂叶宽，天性憨厚，志趣果断，不同于寻常人。总之，就其目前所说的言辞而论，似乎笃信妙法无疑，故为了迎合其意，随即唱道：

哎呀我的心中友，
金黄小蜂叶宽你，
系心所在为三宝，
真信不二为妙法，
虽然心生厌离悲，
有志宏图妙法道，
足见前世如祈愿。
有为无常皆幻生，
轮回城邑生厌倦，
远离八风求寂静，
乐意独处空山中，
足见自有法缘在。
闻思闪现在心中，

懂得业果之取舍，
了知善哉佛子行，
已经获得圣妙途，
足见贤良所引荐。
有福金黄之小蜂，
成为贤士门生我，
信心十足奉劝之，
妙聚决定自当慧。
且看繁杂轮回城，
器世乃是虚幻景，
情世乃是固执迷。
话说情器两集聚，
行恶如火无法灭，
背离积德为从事。
安乐少如早晨星，
秉持恶性不间断。
衰道宛如夜幕临，
怨恨凶残似石磨，
贪念固执磨眼里，
人趣炒如麦花般，
顿时磨粉堕恶道。
上界消散日趋多，
下界增幅日趋甚，

因果原理且细微，
往昔赡洲人世间，
村镇相连极繁华，
来往鸡飞可以到，
享乐堪比天界齐。
转轮法王做主宰，
权势运转似金轮，
小洲围绕四大洲，
十善法度行尘世，
人间如登上天界，
仙界兴旺花满地。
如今浊世末法代，
村镇边际皆塌方，
田地荒废无人种，
饮食血肉视享受。
无道走狗充主宰，
福禄权势凭搏斗，
奴隶成为无情众，
不法相食成为风。
后继乏人唯忠佞，
奸佞经如地狱门，
地狱火势把人焦，
争霸无神罗刹胜。

食如瘟神配鬼王，
座上国君行刁难，
施法毒计害无辜，
诬陷臣仆治其罪。
奸猾自他都殃及，
伞下喇嘛行讹诈，
如来正法做掩体，
假充先见把人惑。
权钱交易图小利，
凭仗咒力谀迎主，
作法禳灾走形式，
山中隐士行奸猾。
睡在静地如死尸，
若见旁人便端居，
自己财物藏起来，
讨好施主求供养。
凡夫俗子行奸诈，
心系不停陶车轮；
且看所需频转动，
所言好比铁匠锤，
相机随宜转舌头；
行动好比阳春天，
忽阴忽晴无定数；

情谊好比蜜蜂唇，
吮时虽有过期无；
人情单薄似轴画，
表面优美画底无；
信念宛似肺片汤，
碗面似有碗底无。
释教教徒行奸巧，
闻思形如蝌蚪般，
头粗尾细不均匀；
求道好比蛤蟆嘴，
闻时虽有修时无。
不惧诳言骗上师，
行诈之举充正法，
变幻修行空闲谈，
天下奸诈流行时，
何处寻求正道乎?
邦国虚假遍地时，
智者教言向谁道?
国君自废法律时，
臣民疾苦谁来怜?
上师寻求私利时，
利济贫穷谁实作?
权贵糟蹋奴仆时，

卑贱小命谁依仗？
呜呼呜呼再呜呼，
为僧由衷心厌离。
无常罗刹牙齿间，
三界众生自生转，
仍然不放执俗念。
今生自谋众利益，
临终后悔捶胸泣。
追求明日之生机，
拖延来世之妙法。
今朝活泼之身体，
晚来断气成死尸。
明日来世自有别，
孰轻孰重掂量否？
空门小子莲喜我，
有幸瞻仰诸佛师。
蒙受恩惠和加持，
笃信妙法无二心，
三门恭敬来报恩，
所道都是直率言。
不择利己之词句，
行动自发不做作，
不曾奸刁使招数，

皈依一师一本尊，
不曾寻求他依处。
师从圣贤门下居，
仁慈上师依止多，
无边经教见闻广，
故此识别诸妙法。
金黄小蜂叶宽君，
若是顿生出离心，
若是真信求妙法，
归于貌同实异法。
开始修行妙法时，
早期追求处死道。
出离心有类似法：
一逢受苦始厌苦，
二遇逆障失信心，
三待好友心存怨，
四因劳累怨艰苦，
五变时移身先朽，
近似悲伤非悲伤。
出离心有类似法：
一图改变身上装，
二求闲散修闭关，
三爱咒语替经忏，

四因游览走四方，
五为疑窦弃八法，
近似出离非出离。
隐居山有类似法：
一为内松外紧密，
二因无道扰乱心，
三学手艺和知识，
四为忙碌诸杂事，
五乃寝卧度余生，
如此隐居无益处。
出离心有类似法：
一遇小事常回避，
二为鲁莽频举动，
三因不思道妄言，
四是无德敛财之，
五为智穷无策略，
近似出离非出离。
游览各有类似法：
一为观景道称奇，
二无信念游圣地，
三不知益转经轮，
四为贪食行恶业，
五不思虑闲暇游，

宛似朝圣非朝圣。
闭关亦有类似法：
一无本尊重复调，
二无证见修生圆，
三凭诅咒修妙法，
四计数目废光阴，
五求现世修羯磨，
似是闭关非闭关。
中途真心修行时，
皈依自有类似法：
一为累积词和句，
二无专心无知晓，
三因不知皈依殊，
四为不晓三宝功，
五存怨愤修皈依，
似是皈依实无益。
发心自有类似法：
一是为我发善心，
二求罪孽异熟果，
三存偏见怜悯心，
四虽发心道空话，
五难受教作耳风，
虽说发心无益处。

生次也有相似法：
一无洞见为傲慢，
二无骨气之明见，
三无本性为疑难，
四无发心存威猛，
五无清净求圆熟，
虽言次生实轮回。
圆次亦有类似法：
一无光亮修风脉，
二不魔术断为梦，
三无解脉图便利，
四无自解修印圆，
五为心现求超然，
虽说圆次无益处。
最后修炼妙果时，
利他亦有类似法：
一来征求诸先见，
二借鬼神图法术，
三从八风讲妙法，
四离教义纳信徒，
五本求证妄指引，
看似利众无益处。
类似法有五十五，

不是反照他人镜，
我亦随时自省之，
为君常存心坎里。
征求如法之行径，
究竟有无谬误处，
理应谨慎而为之。
措辞虽然不华丽，
要义深广滋味多，
无等上师亲自教。
一想追求妙法果，
不需妄自道大言，
不能浪费讲排场，
不必择期选时辰。
妙法不求他处寻，
其似手足不离你，
即使瞬间要骨气，
随时不能丢反省。
时刻不忘图修正，
昼夜都要念经忏，
朝暮不离诸誓言，
随时自己细察看。
附带趁便不能离，
法盲不能抛脑后，

倘若实地不研修，
声势浩荡归形式。
看似修佛无益处，
一为偷懒隐山中，
二为闲散居庙宇，
三为图乐寻静地，
如此可悲世上无，
知否金蜂天之子？
不爱乐趣爱苦行，
乐则烦恼五毒生，
苦为前世业障清，
苦乃上师之垂怜。
不爱夸赞爱贬低，
夸赞容易自满之，
贬低揭示自己短，
人言乃是天赐礼。
不爱高处爱低处，
高处容易自膨胀，
低处恬静兴善业，
低处实为天宝座。
不爱富有爱贫穷，
富时守财苦恼多，
贫时苦行佛法就，

贫穷教徒所依处。
不爱施舍爱抢夺，
施舍酿成罪孽果，
抢夺了还宿世债，
知足实乃殊胜财。
不爱亲眷爱怨敌，
亲眷阻拦解脱道，
怨敌可以修忍耐，
同等修道最紧要。
如法修行要如此，
下定决心要如此，
隐居山中要如此，
游览天下要如此，
精华要义六教言，
同宗上师之良言，
同门贤达心依处。
如此紧要之妙语，
除此好友你之外，
半句不曾道他人。
艾玛金蜂天之子，
圣地岑岭莲花山，
唯独本尊度母刹，
观音菩萨之行宫，

莲花王者修行地，
心生安详获欢喜。
且看此山圣尊言，
六字刻成自然形。
且看林中翠绿装，
璁叶净土莲花苑，
凶悍毒蛇绕四周，
无缘凡夫难进入。
普陀灵山天下绝，
山前心化莲花生，
利益众生无人比，
筑造美丽度母宫。
圣母利生机缘熟，
大慈大悲心间里，
自有莲喜修行道，
依止观音菩萨尊，
咒语真言六字明，
法有修持慈与悲，
道有佛子安乐途。
虽然求苦获利乐，
此生来世皆幸福，
步入幸福之妙途，
不变究竟诸安乐。

祈愿上师和喇嘛，
不辞保佑获垂怜，
本尊依止观世音，
不久获得其妙果。
啊啦啦呀真神奇，
是否领悟天之子？
我的心中有誓言，
为君若有此愿望，
如上所说可行之。
八风弃如路边尸，
执念拒似害人毒，
勤勉修行不可误，
教诲落到实在处，
夸耀狂言抛弃之，
发心慈悲求妙途。
倘若对此愿为之，
同心同德兄弟般，
解脱道上相伴行。
轮回边际乘愿往，
世代不忘缔善缘，
共图殊胜菩萨行，
善可愿否天之子？
要义俱全啊啦啦，

意在探问哎嘛嗨！

说到此处，叶宽称心合意，终究证得智慧。有道：

秋夜婵娟如满空，
妙相韶华文殊尊，
正如诸佛菩提心，
一切众生有凡心。
无边众生苦自性，
慈悲双目永不闭，
一切殊胜大悲心，
乃是六道解脱种。
大掌深奥密宗库，
诸佛密主金刚持，
一切遍智行功业，
明空净存众生界。
祈愿密宗三怙主，
无别上师求加持，
获得菩提妙果前，
时刻保佑大悲摄！

《出世法言莲苑歌舞》乃是门第札西格勒劝勉，巴名者所著，善哉！

༄༅། །ལྷ་ཆོས་དང་མཐུན་པའི་གཏམ་པདྨའི་ཚལ་གྱི་ཀློས་གར་ཞེས་བྱ་བ་བཞུགས་སོ། །

རྗེ་དཔལ་སྤྲུལ་ཨོ་རྒྱན་འཇིགས་མེད་ཆོས་ཀྱི་
དབང་པོས་བརྩམས།

ཨོཾ་བཛྲ་ཧཱུྃ།

བཀྲ་ཤིས་ཀུན་གྱི་བཀྲ་ཤིས་པ། །

གྲགས་པའི་བཀྲ་ཤིས་སྙན་གྲགས་དགེ །

ཆོས་ཀྱི་རྒྱལ་མཚན་ལེགས་པར་འཛུགས། །

འཇམ་དཔལ་ཡེ་ཤེས་སེམས་དཔས་སྐྱོངས། །

གང་གི་ཚེ་ལྷ་གཅིག་ཆུའི་པད་མས་བྲིན་གྱིས་བརླབས་ཤིང་། བརྟུལ་ཞུགས་པད་མ་རྒྱལ་པོའི་ཞབས་ཀྱིས་བཅགས་ལ། ཏཱ་རེ་པཉྫ་ཕ་གི་ཧྲི་དངོས་སུ་བཞུགས་པའི་ཡུལ་ལྗོངས། རྩེ་མཐོ་པདྨའི་རི་བོ་ངོས་ཡངས་ཀྱི་ནགས་ཚལ། ཤེལ་དཀར་པདྨའི་ཕུག་པ་བླ་བ་ཚེས་པ་ལྷ་བུའི་གནས་ན། བྱང་ཐང་མེ་ཏོག་སྐྱིད་ཚལ་ནས་འོངས་པའི་བྲམ་ཟེའི་ཁྲེའུ་པདྨ་དགྲེས་པ་ཞེས་བྱ་བ། ཅི་ཡང་ཤེས་པ། གར་ཡང་འགྲོ་བ། གང་དུ་

ཡང་གནས་པ། སྤུ་དང་ཡང་མཐུན་པ་ཞིག་གནས་བཅས་ཏེ། སྐྱོན་མེད་པདྨ་ལྷ་བུ་ཞེས་བྱ་བ་རྒྱལ་སྲས་ཀྱི་སྤྱོད་པ་ལ་སློབ་ཅིང་། ཆགས་མེད་ཆུའི་པདྨ་ཞེས་བྱ་བའི་བྱང་ཆུབ་ཀྱི་སེམས་ལ་མཉམ་པར་འཇོག་གོ།

དེའི་ཚེ་གནས་དེ་དང་ཏ་ཅང་མི་རིང་བ་ན་པདྨ་སྤྲུངས་པའི་སྐྱེད་ཚལ་ཞེས་བྱ་བ་སྔོན་ཤིང་གི་ར་བས་བསྐོར་བའི་སྤྲང་སྔོངས་མེ་ལོང་གི་ངོས་ལྟར་མཉམ་པ་ན་པདྨ་རྒྱས་པའི་ཚལ་ཡོད་པ་སྟེ། དེ་ཡང་ཁེངས་པའི་པདྨ་རྣམས་སྡོང་བུ་རིང་བ། རྒྱས་པའི་པདྨ་རྣམས་འདབ་མ་ཡངས་པ། སྨིན་པའི་པདྨ་རྣམས་ཟེའུ་མངར་མང་བ། བཀོད་པའི་པདྨ་རྣམས་ལོ་མ་ཆེ་བ། མ་སྨིན་པའི་པདྨ་རྣམས་སྡུ་གུ་བཀྲ་བ། ཟུམ་པའི་པདྨ་རྣམས་ཐལ་མོ་སྦྱར་བ། གོད་པའི་པདྨ་རྣམས་གེ་སར་བྲལ་བ། ཟག་པའི་པདྨ་རྣམས་སྙི་བཅུད་ཀྱིས་སྟོང་པ། རྙིངས་པའི་པདྨ་རྣམས་འདབ་མ་ལྷུང་བ། དགོད་པའི་པདྨ་རྣམས་གེ་སར་ངོམ་པ། སྲས་པའི་པདྨ་རྣམས་སྤྲུབས་ན་གནས་པ། ལྷུན་གྱིས་གྲུབ་པའི་པདྨ་རྣམས་ཀྱང་སྐྱེ་བར་རུང་བ་ཞིག་ཡོད་དོ། །དེ་ན་ཁྱད་པར་དུ་ཡང་ཁེངས་ཤིང་སྨིན་ལ་བཀོད་པའི་པདྨ་གསུམ་ཞིག་ཡོད་དེ། དེ་ལས་གཉིས་ནི་རྒྱས་པའི་པདྨ་ཡང་ཡིན་ལ། དེ་ལས་ཀྱང་གཅིག་ནི་ལྷག་པར་ཡང་ཁེངས་ཤིང་བཀོད་པ་སོགས་ཡིན་ཡང་སུས་ཀྱང་ཉེར་སྤྱད་དུ་མ་གྱུར་པའོ། །

དེ་ལྟ་བུའི་སྐྱེད་མོས་ཚལ་དེ་ན་བུང་བའི་ཚོགས་དུ་མ་འཕུར་ཞིང་

གཡོ་ཞིང་རྩེ་བ། ཁྱད་པར་དུ་ཡང་གསེར་གྱི་སྦྲང་ཚུང་པདྨའི་འདབ་ཡངས་ཞེས་བྱ་བ་དང་། གཡུའི་སྦྲང་ཚུང་པདྨའི་ངག་སྙན་ཞེས་བྱ་བའི་ཁྱོ་ཤུག་གཉིས་ཀྱང་གནས་ཏེ། གསེར་གྱི་སྦྲང་མ་དེ་ཉི་ན་ཚོད་གཞོན་པ། ལང་ཚོ་དར་བ། ཤེས་རབ་གསལ་བ། ཀློ་ཁོག་ཡངས་པ། གསར་འགྲོགས་མེད་པ། རྒྱུ་བ་སྟོད་པ། གཏོང་ལ་དགའ་བ་ཡིན་ནོ། །གཡུ་སྦྲང་ཡང་གཏོང་ཕོད་ཆེ་བ། ཕན་སེམས་ལྡན་པ། ངང་རྒྱུད་འཛམ་པ། ཆོས་ལ་དགར་བ། གཡོ་སྒྱུ་མེད་པ། ཕྲག་དོག་དང་མིག་སེར་ཆུང་བ་ཡིན་ནོ། །དེ་གཉིས་ཕན་ཚུན་ཡིད་ཤིན་ཏུ་གཙུགས་པའི་ཚུལ་གྱིས་འཛུམ་པའི་བཞིན་དང་། བརྩེ་བའི་ངག་དང་། མཐུན་པའི་སྤྱོད་ལམ་གྱིས་འགྲོགས་ཤིང་། ཕན་ཚུན་ཡིད་ཀྱི་ཞེ་འདོད་ཀྱང་གསང་གཏམ་དུ་སྨྲ་བ་ཉི་འདི་ལྟར་རོ། །

ཀྱེ་ཀྱེ་ཡིད་འོང་གཞོན་པའི་ལང་ཚོ། །
ཕུན་ཚོགས་བྱེད་པོའི་པིར་གྱིས་མ་བྲིས། །
ལེགས་བྱས་སྒྱུ་མའི་འཕྲུལ་གྱིས་བཞེངས་པ། །
ལྷ་ཡུལ་ལྷ་ལ་འགྲན་ཡང་ཕོད་དམ། །
དཔལ་འབྱོར་ལོངས་སྤྱོད་རང་གིས་མ་བསོགས། །
འདི་ན་བཀོད་པ་སྔོན་གྱི་ལས་དབང་། །
མེ་ཏོག་སྣན་འཛམ་ཐགས་སུ་མ་བཏགས། །

རིག་འཛམ་དང་ཕོ་རང་གི་ཉེར་སྤྱད།།
གེ་སར་ཁྲིལ་མངར་གཡོ་སྐྱོལ་མ་བྱུས།།
རོ་བརྒྱའི་བཏུང་བ་འཆི་མེད་བདུད་རྩི།།
བདེ་སྐྱིད་དཔལ་འདི་འབད་པས་མ་ཡིན།།
ཐུགས་ཀྱིས་གྲུབ་པ་སྨོན་བསགས་བསོད་ནམས།།
རང་སེམས་བསམ་བློ་ཆོས་ལ་བཀོལ་ན།།
དལ་འབྱོར་ལུས་ཞེས་བཏགས་ཀྱང་ཚོག་གི །
སྒྲ་ཤེས་དོན་གོ་ཐིག་སྤྱོད་སྒྲུབ་པའི།།
རྐང་གཉིས་གཞན་ལ་ཡིད་སྨོན་མ་དགོས།།
ཀྱེ་ཀྱེ་གསོན་དང་ཡིད་འོང་སྙིང་སྡུག །
འདི་ན་མེ་ཏོག་སྐྱེད་ཚལ་མཛེས་མཛེས།།
ཁྲིལ་མངར་བདུད་རྩིའི་རོ་བཅུད་མང་མང་།།
དབྱར་ཟླའི་དཔལ་འདི་ཕུད་ཅམ་ཕུད་ཅམ།།
འཆི་བའི་རྐྱེན་མང་གློ་བུར་གློ་བུར།།
བདེ་སྡུག་འགྱུར་བ་སྐད་ཅིག་སྐད་ཅིག །
འཆི་བདག་སྲུན་མ་ཟེ་ཉེ་ཟེ་ཉེ།།
སྐྱིད་འདོད་ངང་ལ་ཆེ་འདི་འདས་ན།།
འདི་སྣང་བདེ་ལ་སྙིང་པོ་མི་འདུག །
འཁོར་བའི་བྱ་བ་བྲེལ་ལོའི་རྣམ་གཡེང་།།

འཕྲུལ་དང་ཡུན་དུ་འཛད་པ་མི་འདུག །
ཆེ་འདིའི་འདུག་ཚུས་ཡུན་དུ་འབད་ཀྱང་། །
ཆེ་ཚད་རྫོགས་ན་སྙིང་པོ་མི་འདུག །
ཡིད་འོང་སྐྱིད་ཚལ་སྣང་བ་བདེ་ཡང་། །
འབྲལ་དགོས་ཐུང་ན་ཕན་པ་མི་འདུག །
དོན་དེ་དགོངས་ནས་བློ་ཐག་ཆོད་དང་། །
ཡིད་མཐུན་བཟའ་ཚོ་ཆོས་ལམ་དེངས་འགྲོ། །
སྐལ་བཟང་ཡིད་མཐུན་ལྷ་ཆོས་བྱེད་འདོད། །
སྙིང་གི་གྲོགས་ཁྱེད་དེ་ལྟར་ཨེ་དགོངས། །

ཞེས་ཟེར་བས་གཅིག་ཤོས་ཀྱིས་ཀྱང་ན་རེ།

ལེགས་སོ་ལེགས་སོ་སྙིང་སྡུག་ཁྱོད་བདེན། །
བདེན་ནོ་བདེན་ནོ་ཡིད་འཛིན་སྙིང་གཏམ། །
སྙིང་གཏམ་སྙིང་གི་བཅུད་དུ་བཏབ་པ། །
སྙིང་ལ་འཆི་མེད་བདུད་རྩི་དེ་ལགས། །
ལྷ་ཡུལ་སྤོངས་ནས་འདི་རུ་མ་བོས། །
མི་ཡུལ་ཡིད་འོང་མེ་ཏོག་སྐྱེད་ཚལ། །
སྐལ་བཟང་ཡིད་མཐུན་བྱུང་བའི་ལོངས་སྤྱོད། །

རབ་དགའ་སྨིན་པ་སྟོན་གྱི་ལས་དབང་། །
མཛེས་ཀྱང་མི་རྟག་འཁོར་བའི་མཚན་ཉིད། །
འབྱོར་ཀྱང་མི་རྟག་སྒྱུ་མའི་ལོངས་སྤྱོད། །
སྤྱད་ཀྱང་མི་ངོམས་འདོད་ཡོན་བསླུ་བྲིད། །
སྙིང་པོ་མེད་པ་འཁོར་བའི་གནས་ལུགས། །
ཁྱེད་ཀྱང་སེམས་ལ་གོ་ཆ་གྱོན་དང་། །
ངས་ཀྱང་སྙིང་ལ་རི་མོ་བྲི་ཡིས། །
ཐག་ཆོད་གྲོས་ལ་འགྱུར་བ་ཅི་ཡོད། །
སྐལ་བཟང་ཡིད་མཐུན་ཆོས་ལམ་སྐོགས་འགྲོ། །
བསགས་པའི་ནོར་ལ་སྙིང་པོ་མི་འདུག །
འབད་པས་བཅལ་ཀྱང་གཞན་གྱི་ལོངས་སྤྱོད། །
བསྐྱངས་པའི་འཁོར་ལ་སྙིང་པོ་མི་འདུག །
བརྩེ་བས་བསྐྱངས་ཀྱང་དགྲ་ཡི་གཡབ་མོ། །
བརྩེགས་པའི་མཁར་ལ་སྙིང་པོ་མི་འདུག །
ཕན་པར་སེམས་ཀྱང་སྲོག་གཅོད་ཐབ་བརྐོད། །
སྐྱེས་པའི་ཞིང་ལ་སྙིང་པོ་མི་འདུག །
བཟང་པོར་བརྩི་ཡང་འབྲུ་སྨིན་བཀན་ཁང་། །
འོན་ཏེ་ངང་བསྲིང་དལ་གྱིས་དགོས་ཀྱི། །
ཅབ་ཅོབ་བྱ་བས་མཐའ་གཞུག་མི་འཁྱོངས། །

སྙིང་གི་དམ་བཅའ་སྙིང་ལ་བྲིས་ན། །
རང་སེམས་རང་དབང་ཆེ་བ་ལགས་སོ། །

ཅེས་ཟེར་རོ། །དེའི་ཆེ་སྔོངས་ཀྱི་དྲང་སྲོང་དོན་ཀུན་གྲུབ་པ་ཞེས་བྱ་བ། བརྩེ་བའི་ཐུགས་དང་ལྡན་པ། ཞི་བའི་སྤྱོད་ལམ་དང་ལྡན་པ། འགྲོ་དོན་ལ་ལྷག་པར་དགྱེས་པ་ཞིག་ཡོད་པ་དེ་ཡང་ཕྱོགས་དེར་ཕེབས་པའི་དྲུང་དུ་བྱུང་བ་གཉིས་ཕྱིན་ནས་གུས་པའི་ཕྱག་གིས་བཏུད། སྤྲང་རྫིའི་རོ་མངར་གྱིས་མཆོད། སྔན་པའི་གཏམ་གྱིས་མདུན་བསུས་ནས་གསོལ་བ་བཏབ་པ། ཀྱེ་ཀྱེ་ལྷའི་དྲང་སྲོང་ཆེན་པོ། ཁྱེད་ནི་སྟོན་པའི་རྒྱལ་ཚབ་ལགས་པས་སྟོན་པའི་བཀའ་དང་འདྲ་བའི་ཆོས་ཤིག་གསུང་དུ་གསོལ། བསྟན་པའི་སྒྲོན་མེ་ལགས་པས་ཉམས་ལེན་གནད་ཀྱི་ཆོས་ཤིག་གསུང་དུ་གསོལ། འཕགས་པའི་དགེ་འདུན་ལགས་པས་རྒྱལ་བའི་སྲས་ཀྱི་སྤྱོད་ཡུལ་ཞིག་བསྟན་དུ་གསོལ། བདག་ཀྱང་དམ་པ་ཁྱེད་ཀྱི་རྗེས་སུ་སློབ་པར་འཚལ་ལོ། །ཞེས་གསོལ་བ་བཏབ་པས་དྲང་སྲོང་ཆེན་པོ་དེས་ཀྱང་དགྱེས་པའི་མདངས་ཕྱུང་། སྐུ་ཡི་ཟིལ་བརྗིད། གསུང་གི་དཔངས་བསྟོད་ནས་ཆོས་གསུངས་པ།

ན་མོ་ཨཱཪྱ་དམ་པ།
མི་མཆོག་སྐྱབ་པ་ལྷ་ཡི་ལྷར་གྱུར་པ། །

མཚུངས་མེད་འདྲེན་པ་ཁ་ལོ་སྒྱུར་བ་པོ། །
ཤཱཀྱའི་སྐྱེས་མཆོག་དེ་ལ་ཕྱག་འཚལ་ལོ། །
འགྲོ་དྲུག་བློ་སྣ་ཆོས་ལ་བསྒྱུར་དུ་གསོལ། །
སྔོན་ནས་ལས་ཀྱིས་འབྲེལ་བའི་སྤྲང་ཚུང་གཉིས། །
སྙིང་ནས་ཆོས་ལམ་གཉེར་ན་དོན་འདིར་དགོངས། །
རྒྱལ་བའི་བཀའ་ལུང་ལགས་ཀྱི་དགོངས་པ་དཔྱོད། །
ཆོས་ཀྱི་ཉིང་ཁུ་ལགས་ཀྱི་ཡིད་ལ་ཆོངས། །
ཨེ་མ་རིགས་དྲུག་འཁོར་བའི་སེམས་ཅན་རྣམས། །
སྔོན་ནས་འཁོར་བའི་གནས་འདིར་འཁྱམས་ཡུན་རིང་། །
ཕྱིས་ཀྱང་ལས་ཉོན་འཁྲུལ་སྣང་ཟད་པ་མེད། །
བསྐལ་པ་བྱེ་བ་གྲངས་ཀྱིས་མི་ཆོད་པར། །
དཀོན་མཆོག་མཚན་ཐོས་ཙམ་ཡང་རླེད་དཀའ་ན། །
ཐུབ་པའི་བསྟན་དང་མཇལ་བ་ཉིན་སྐར་ཙམ། །
ད་རེས་རྣམ་འདྲེན་བཞི་པ་ཟས་གཙང་སྲས། །
འདྲེན་མཆོག་ཐུབ་པའི་དབང་པོ་འཛིག་རྟེན་བྱོན། །
ཆོས་ཀྱི་འཁོར་ལོ་རིམ་པ་གསུམ་དུ་བསྐོར། །
ལྔ་བརྒྱ་ཕྲག་བཅུའི་བསྟན་པའི་ཚད་མ་རྫོགས། །
རང་ཉིད་ཆོས་ལམ་གཉེར་བའི་འདུན་མ་ཡོད། །
མཐུན་རྐྱེན་དགེ་བའི་བཤེས་ཀྱིས་ཟིན་དུས་འདིར། །

སྙིང་ནས་ཆོས་ལམ་དོན་དུ་མ་གཉེར་ན།།
ཕྱིས་ནས་འདི་འདྲའི་ཡུལ་དུ་མི་སྐྱེ་ཞིང་།།
དཀོན་མཆོག་མཚན་ཐོས་ཙམ་ཡང་རྙེད་པར་དཀའ།།
ཡེ་མ་འཁྲུལ་སྣང་འཁོར་བའི་འཇིག་རྟེན་པ།།
འདུས་བྱས་སྙིང་པོ་མེད་ལ་རྟག་པར་འཛིན།།
ཕྱི་སྣོད་སྣོད་ཀྱི་འབྱུང་བའི་ཁམས་མི་རྟག།
ནང་བཅུད་སྐྱེ་འགྲོ་སེམས་ཅན་ཚེ་མི་རྟག།
བར་དུ་དུས་བཞི་ནམ་ཟླའི་དཔལ་མི་རྟག།
རྒྱལ་དང་དེ་སྲས་དམ་པའི་སྐྱེས་བུ་ཡང་།།
མི་རྟག་མྱ་ངན་འདའ་ཚུལ་སྟོན་ལ་གཟིགས།།
སྲིད་ན་ཆེ་བའི་ཚངས་དབང་སྐྱེ་རྒུའི་བདག།
འཆི་བདག་ཞགས་པས་འདེབས་པ་ལྷ་ཅི་སྨོས།།
སུ་ལའང་ནམ་འཆི་འདིར་འཆིའི་ངེས་བཟུང་མེད།།
འཆི་བའི་རྐྱེན་མང་འཚོ་རྐྱེན་ཉུང་བ་ཞིག།
དེས་ན་མྱུར་དུ་ཆོས་ལམ་མ་གཉེར་ན།།
འཆི་ངེས་བཤས་རར་ཆུད་པའི་དུད་འགྲོ་བཞིན།།
འཆི་བདག་ནམ་འོང་མེད་དོ་འགྲོ་བ་ཀུན།།
ཡེ་མ་ཤི་ནས་མེད་དུ་མི་འགྲོ་སྟེ།།
འགྲོ་ཞིང་འཁོར་བའི་གནས་འདིར་སྐྱེ་བ་ལེན།།

གང་དུ་སྐྱེས་ཀྱང་བདེ་བའི་སྐབས་མེད་དེ།།

དམྱལ་ཁམས་བཙོ་བརྒྱད་ཚ་གྲང་དུཿཁས་གདུང་།།

ཡི་དྭགས་བཀྲེས་སྐོམ་དུད་འགྲོ་ཕན་ཚུན་ཟ།།

མི་རྣམས་ཚེ་ཐུང་ལྷ་མིན་འཐབ་ཅིང་རྩོད།།

ལྷ་རྣམས་བག་མེད་གཡེངས་ཤིང་འཆི་འཕོ་ལྟུང་།།

གར་ཡང་བདེ་བ་མེད་དེ་མེ་ཡི་འོབས།།

སྐྱེ་དང་ཚེ་རབས་སྡུག་བསྔལ་བརྒྱུད་མར་འཁོར།།

འཁོར་བའི་ཆོས་ལ་སྐྱོ་བ་སྐྱེ་བར་རིགས།།

ཨེ་མ་བདེ་དང་སྡུག་བསྔལ་ལས་ཀྱིས་བྱེད།།

ལས་ནི་ཀུན་བྱེད་རི་མོ་མཁན་དང་འདྲ།།

ལས་སྨིན་བསྐལ་པ་བརྒྱར་ཡང་ཆུད་མི་ཟ།།

རང་བྱས་གཞན་གྱིས་མི་སྤྱོང་འགྱུར་བ་མེད།།

དགེ་བས་བདེ་འགྲོ་མཐོ་རིས་ཐར་བ་དང་།།

སྡིག་པས་སྡུག་བསྔལ་ངན་སོང་འཁོར་བ་སྒྲུབ།།

རྒྱུ་ཆུང་ན་ཡང་འབྲས་བུ་མང་དུ་སྨིན།།

མཐོ་རིས་ལྷ་ཡི་བདེ་སྐྱིད་དཔལ་འབྱོར་དང་།།

ངན་སོང་དམྱལ་བའི་སྡུག་བསྔལ་བཟོད་དཀའ་ཡང་།།

རང་བྱས་ལས་ཀྱིས་བསྐྱེད་དེ་རྒྱུ་གཞན་མེད།།

དེས་ན་དུས་དང་གནས་སྐབས་ཐམས་ཅད་དུ།།

དྲན་དང་ཤེས་བཞིན་བག་ཡོད་གཞིར་བཞག་སྟེ། །
རྒྱུ་འབྲས་སྤང་བླང་ཚུལ་ལ་ནན་ཏན་མཛོད། །
ཨེ་མ་ཐར་ལམ་འདྲེན་པའི་སྒྲོན་མེ་མཆོག །
ཡོན་ཏན་ཀུན་གྱི་འབྱུང་གནས་དགེ་བའི་བཤེས། །
སྙིགས་དུས་རྒྱལ་བ་དངོས་འདྲའི་མཛད་པ་ཅན། །
ཐུགས་རྗེ་བཀའ་དྲིན་ཚད་མེད་རྒྱལ་ལས་ལྷག །
ཡང་དག་དགེ་བའི་བཤེས་གཉེན་མ་བསྟེན་ན། །
དམུས་ལོང་དམིགས་བུ་མེད་པའི་ལམ་ཞུགས་འདྲ། །
དེ་བས་འདོད་འབྱུང་ནོར་བུ་དཔག་བསམ་ཤིང་། །
དང་པོ་དམ་པའི་མགོན་དེ་བརྟག་ཅིང་བསྟེན། །
ཐ་མར་དགོངས་སྤྱོད་བསླབ་ཅིང་ཐུགས་ཡིད་བསྲེ། །
སྐལ་བཟང་དེ་འདྲ་བདུད་ཀྱི་དབང་མི་འགྲོ། །
རྒྱལ་བ་དགྱེས་པའི་ལམ་བཟང་རྙེད་པར་འགྱུར། །
ཨེ་མ་མྱ་ངན་འདས་ཞི་བདེ་བའི་གནས། །
འཁོར་བའི་གཅོང་ནད་ཀུན་དང་བྲལ་བའི་ཆོས། །
སྡུག་བསྔལ་རྒྱུ་བཅས་ཟད་པའི་ཡང་དག་མཐའ། །
ཟག་མེད་ལམ་བཅས་ཐར་བ་དམ་པའི་གྲོང་། །
རྒྱལ་དང་རྒྱལ་སྲས་འཁོར་པས་ཡོངས་གང་ཞིང་། །
ཉན་རང་འཕགས་པའི་སྐྱེ་བོ་བསྟི་བའི་གནས། །

ཐར་པའི་ལམ་དེ་གཉེར་ལ་བརྩོན་པར་རིགས། །

ཡེ་མ་གཏན་དུ་མི་བསླུ་དམ་པའི་སྐྱབས། །

མཚུངས་མེད་དཀོན་མཆོག་རིན་ཆེན་བཀའ་དྲིན་ཅན། །

ཛེད་ཀྱང་སྐྱབས་གནས་ཁོང་ལ་བཅོལ་བས་འཚེངས། །

ཕྱིད་ཀྱང་སྐྱབས་གནས་འདི་ལ་འཚོལ་བར་རིགས། །

སྙིང་ནས་ཡིད་ཆེས་གུས་པས་སྐྱབས་སོང་ན། །

དུས་ཀུན་མི་བསླུ་དཀོན་མཆོག་གསུམ་འདྲ་མེད། །

འཁོར་བའི་སྡུག་བསྔལ་སྐྱོབ་ནུས་དཀོན་མཆོག་གསུམ། །

སྐྱབས་སོང་བསོད་ནམས་ནམ་མཁའི་མཐའ་དང་མཉམ། །

ཚེ་འདིར་འཇིགས་པ་བརྒྱད་དང་བཅུ་དྲུག་སོགས། །

མི་མཐུན་གནོད་པའི་ཚོགས་ཀུན་སེལ་བ་དང་། །

ཕྱི་མ་ངན་སོང་ངན་འགྲོར་འཁོར་བ་ཡི། །

སྡུག་བསྔལ་ཀུན་ལས་ཐར་བར་ངེས་པས་ན། །

དུས་ཀུན་མི་བརྗེད་དཀོན་མཆོག་རྗེས་དྲན་ཞིང་། །

ཡང་ཡང་སྐྱབས་སུ་སོང་ལ་གསོལ་བ་གདབ། །

ཡེ་མ་གྲངས་མེད་རྒྱལ་བ་གཤེགས་པའི་ཤུལ། །

རྒྱལ་སྲས་ཀུན་གྱི་བགྲོད་པ་གཅིག་པུའི་ལམ། །

མཚུངས་མེད་བྱང་ཆུབ་སེམས་མཆོག་དམ་པའི་ནོར། །

སྨོན་དང་འཇུག་པའི་བདག་ཉིད་བསྐྱེད་པར་མཛོད། །

དེས་ནི་རྒྱལ་བའི་སྲས་ཀྱི་མིང་འཐོབ་ཅིང་། །

བདེ་བའི་ལམ་ནས་བདེ་བའི་གནས་སུ་འགྲོ། །

ཡང་དག་རྫོགས་པའི་སངས་རྒྱས་རིང་བ་མིན། །

ཁམས་གསུམ་འགྲོ་འདི་དྲིན་ཅན་ཕ་མ་སྟེ། །

སྐྱབས་མེད་བཤེས་བྲལ་ཡོང་བ་ཐང་འཁྱམས་འདྲ། །

བདེ་བ་འདོད་ཀྱང་སྡུག་བསྔལ་རྒྱུ་ལ་སྤྱོད། །

འདི་ལ་བྱམས་དང་སྙིང་རྗེའི་བློ་བཞག་ནས། །

འགྲོ་ཀུན་སྡུག་བསྔལ་བདག་གིས་བསལ་སྙམ་པའི། །

དཔག་མེད་སེམས་སྟོབས་ཆེན་པོའི་གོ་ཆ་བགོ །

བདག་གཞན་མཉམ་བརྗེ་བདག་པས་གཞན་གཅེས་དང་། །

ཚད་མེད་བཞི་དང་ཕྱིན་དྲུག་བསྡུ་དངོས་བཞི། །

སྙིང་ནས་བརྩོན་པས་ཉམས་སུ་བླངས་གྱུར་ན། །

རྒྱལ་སྲས་རྣམས་ཀྱི་སྤྱོད་པ་མ་ལུས་པ། །

ལམ་བཟང་ཕར་ཕྱིན་དྲུག་ལ་འདུ་ཞེས་གསུངས། །

ཡང་དག་རྒྱལ་བ་དགྱེས་པའི་ལམ་བཟང་འདི། །

སྙིང་གི་སྙིང་པོ་ལགས་ཀྱི་སྙིང་དབུས་ཆོངས། །

ཨེ་མ་འཁོར་བའི་གནས་འདིར་ཡུན་རེ་རིང་། །

ཐོག་མ་མེད་ནས་ལས་ངན་ཚབས་ཆེར་བསགས། །

དེ་ཕྱིར་སྟོབས་བཞི་ཚང་བའི་མན་ངག་གིས། །

སྡིག་ལྟུང་བཤགས་པའི་ཐབས་ལ་མ་འབད་ན། །

ངན་སོང་འཁོར་བའི་གནས་ནས་ཐར་བ་དཀའ། །

བདེ་གཤེགས་སངས་རྒྱས་ཀུན་གྱི་སྐུ་གཅིག་པུ། །

རྩ་བརྒྱུད་བླ་མ་ཀུན་འདུས་ནོར་བུའི་ལུགས། །

རྡོ་རྗེ་སེམས་དཔའ་དུང་དང་ཟླ་བའི་མདོག །

པད་དཀར་ཟླ་བའི་གདན་གནས་འཛུམ་པའི་ཞལ། །

བསྒོམ་ཞིང་ཡི་གེ་བརྒྱ་པ་ཆོ་ག་བཞིན། །

བཟླས་ན་སྡིག་དང་ལྟུང་བ་ཀུན་འཛོམས་ཤིང་། །

ན་རག་དམྱལ་བའི་གནས་ཀུན་དོང་ནས་སྤྲུགས། །

ཨེ་མ་ཚོགས་རྫོགས་པ་ལ་སངས་རྒྱས་ཏེ། །

ཚོགས་མ་བསགས་ལ་དངོས་གྲུབ་སྐལ་བ་མེད། །

དེས་ན་ཐབས་མཁས་འགྱུར་བའི་ཚོད་བསྟུན་ནས། །

ཡིད་སྤྲུལ་རྒྱལ་བའི་ཞིང་ཁམས་མཆོད་པ་འབུལ། །

སྟོང་གསུམ་སྤྲུལ་སྐུ་འོག་མིན་ལོངས་སྤྱོད་རྫོགས། །

ཆོས་ཉིད་ཆོས་སྐུའི་ཞིང་ཁམས་རྣམས་བསམས་ལ། །

ལུས་དང་ལོངས་སྤྱོད་དུས་གསུམ་དགེ་བར་བཅས། །

བླ་མ་དཀོན་མཆོག་སྐུ་གསུམ་ལྷ་ལ་འབུལ། །

རང་གི་ཚོགས་རྫོགས་སངས་རྒྱས་ཞིང་སྦྱངས་ཤིང་། །

འགྲོ་བའི་རྒྱུད་སྨིན་བསོད་ནམས་ཕ་མཐའ་ཡས། །

དེས་ན་ཚོགས་བསགས་གདམས་པའི་སྙིང་པོར་བྱུངས། །
ཨེ་མ་ཐོག་མེད་དུས་ནས་མ་རིག་པ། །
བདག་མེད་བདག་ཏུ་བཟུང་བས་འཁོར་བར་འཁྱམས། །
ལུས་མེད་ལུས་སུ་ཞེན་པས་ཆགས་སྡང་བྱུང་། །
དེ་ཕྱིར་གཅེས་འཛིན་སྒྱུ་མའི་ཕུང་པོ་འདི། །
ཆགས་མེད་མཆོད་སྦྱིན་ཡོན་དུ་བསྔོ་བར་བྱ། །
བདུད་རྩིའི་རང་བཞིན་ཡར་ལ་དཀོན་མཆོག་མཆོད། །
མར་ལ་འགྲོ་དྲུག་ཚིམ་ཞིང་ཚོགས་གཉིས་རྫོགས། །
ལན་ཆགས་གདོན་བགེགས་ཀུན་ཚིམ་བར་ཆད་ཞི། །
ཡིད་སྤྲུལ་མཆོད་པའི་རྫས་དང་མགོ་རྒྱའི་དཔལ། །
ཡར་མཆོད་མར་སྦྱིན་དགེ་བའི་འགྲོ་ལ་བསྔོ། །
ཆོས་ཀུན་བསམ་པའི་བྱེ་བྲག་ཙམ་ཡིན་ཕྱིར། །
རང་ལུས་དངོས་སུ་སྦྱིན་དང་བསོད་ནམས་མཉམ། །
གཏོང་བ་ཆེན་པོའི་གནས་ལ་བག་ཆགས་འཛོག །
ཚོགས་རྫོགས་སྒྲིབ་དག་བར་དོའི་འོད་གསལ་ཐེན། །
འཆི་བ་བསྒྱུ་ཞིང་ན་ཚ་གདོན་བགེགས་བཟློག །
དེ་ཕྱིར་ཐབས་ལ་མཁས་པའི་ཚོགས་བསགས་ཡིན། །
ཨེ་མ་དཀོན་མཆོག་ཀུན་འདུས་བཀའ་དྲིན་ཅན། །
སངས་རྒྱས་ཀུན་གྱི་རང་བཞིན་རིན་པོ་ཆེ། །

བརྒྱུད་གསུམ་གདམས་པའི་མཛོད་འཛིན་བྱིན་རླབས་ཅན། །

འདྲེན་མཆོག་རྩ་བའི་བླ་མར་གསོལ་བ་ཐོབ། །

སྤྱི་བོའི་གཙུག་བསྒོམ་སྙིང་གི་དཀྱིལ་བསྒོམ་ན། །

བདེ་གཤེགས་ཀུན་བསྒོམས་པ་དང་བསོད་ནམས་མཉམ། །

བརྒྱུད་གསུམ་བླ་མའི་བྱིན་རླབས་རང་རྒྱུད་འཇུག །

ཐུགས་ཡིད་དབྱེར་མེད་འདྲེས་ནས་རྟོགས་པ་འཆར། །

དེས་ན་གནས་ལུགས་རྟོགས་པའི་བོགས་འདོན་ལ། །

མཆོག་གྱུར་བླ་མའི་རྣལ་འབྱོར་གནད་དུ་ཟབ། །

གནས་གསུམ་ཡི་གེའི་འོད་ལས་དབང་བཞི་བླང་། །

སྒྲིབ་པ་བཞི་དག་སྐུ་བཞིའི་གོ་འཕང་དང་། །

རྣམ་བཞིའི་རིག་འཛིན་ཐོབ་པའི་སྐལ་བ་བཞག །

ལམ་བཞིའི་ཉམས་ལེན་ལ་དབང་དམ་ཚིག་གསོ། །

འཁོར་འདས་ཆོས་ཀུན་བླ་མའི་རོལ་པར་འཆར། །

གནས་སྐབས་མི་མཐུན་ཞི་ཞིང་བསམ་དོན་འགྲུབ། །

ཚེ་འདིར་ཆོས་སྐུའི་རྒྱལ་སྲིད་ཟིན་པ་འོ། །

མིན་ཀྱང་ཕྱི་མ་པད་མ་འོད་དུ་སྐྱེ། །

གནས་དེར་རིག་འཛིན་བཞི་ཡི་ལམ་བགྲོད་ནས། །

གདོད་མའི་དབྱིངས་སུ་མིག་འཕྲུལ་ལྟ་བུར་འགྲོ། །

ནམ་མཁའི་མཐའ་མཉམ་འགྲོ་བའི་དོན་བྱེད་ཅིང་། །

སྐུ་དང་ཡེ་ཤེས་སྣང་བས་སྣང་སྲིད་འགེངས། །
ཡེ་མ་རྒྱལ་བ་ཀུན་གྱི་བགྲོད་གཅིག་ལམ། །
བརྒྱུད་གསུམ་རིག་འཛིན་བརྒྱུད་པའི་ཞལ་གྱི་ལུང་། །
བརྒྱད་ཁྲི་བཞི་སྟོང་དམ་ཆོས་འདུས་པའི་མདོ། །
གདམས་ངག་གནད་ཀྱི་སྙིང་པོ་དེ་ལྟར་ལགས། །
མཁས་པ་བརྒྱ་དང་གྲུབ་པ་སྟོང་བྱོན་ཡང་། །
འདི་ལས་ཟབ་པའི་དམ་ཆོས་སྟོན་པ་མེད། །
དམ་ཆོས་བདུད་རྩིའི་ཉིང་ཁུ་དེ་ལགས་ཏེ། །
འཕགས་ཚོགས་དགེ་འདུན་སྟོང་གི་ཐུགས་དམ་མཐིལ། །
ལམ་འདི་བཤད་དང་ཉན་ལས་བསོད་ནམས་ཚོགས། །
གང་ཞིག་ཐོབ་དེས་མཐའ་ཡས་འགྲོ་བ་ཀུན། །
ལམ་བཟང་འདི་ལ་བརྟེན་ནས་ཚེ་གཅིག་གིས། །
ཡང་དག་རྫོགས་པའི་སངས་རྒྱས་ཐོབ་པར་ཤོག །

ཅེས་གསུངས་ནས་སྦྲང་བུ་གཉིས་ལ་བྱིན་རླབས་དང་སྨོན་ལམ་མཛད་ནས། སྤྲོངས་རྒྱུ་ཞིང་མཐོང་ཐོས་དྲན་རེག་གི་སེམས་ཅན་གྱི་དོན་བྱས་ནས་མིག་སྨན་ཐིག་ལེའི་དགོན་པ་ཞེས་བྱ་བར་བུད་ཤིང་ཟད་པའི་མེ་ལྟར་ཕུང་པོ་ལྟག་མ་མེད་པའི་དབྱིངས་སུ་ཡོངས་སུ་མྱ་ངན་ལས་འདས་སོ། །

དེ་ནས་བྱུང་བ་དེ་གཉིས་ཀྱང་སྤྱོད་ལམ་ཕལ་ཆེར་དྲང་སྲོང་གི་བཀའ་བཞིན་དུ་བསྒྲུབས་ལ། རེས་འགའ་ནི་བག་མེད་པའི་རྩེད་མོ་ནི་རྩེ་ཞིང་འདོད་པའི་ཡུལ་ལ་ཆགས་ཏེ་རིང་ཞིག་འདས་པའི་ཚེ། ངག་སྔན་གྱིས་མེ་ཏོག་གི་ཐྲེལ་མངར་འཁྱུད་ཞིང་། འདབ་ཡངས་ཀྱིས་ནམ་མཁའ་ལ་འཕུར་ལྡིང་གཡོ་བའི་སྐབས་ཤིག་ཏི་མའི་མདངས་འོད་སློ་བྱར་དུ་ཉམས་ནས། སྲིན་ནག་གི་གྲིབ་མ་ས་ལ་ལྷུང་སྟེ་པཉྫ་རྨམས་ཅིག་ཅར་དུ་ཁ་ཟུམ་པས་ངག་སྔན་པཉྫའི་སྦུབས་སུ་འཁྲུམས་ནས་དབུགས་འཁྲུམས་ཏེ་འཇིགས་སྐྲག་དངངས་ཤིང་གཏམ་བཛོད་མ་ནུས་པར་བྱབ་བྱབ་བྱབ་བྱབ་ཟེར་ཞིང་འདུག་པ་ན། འདབ་ཡངས་ཀྱང་འཇིགས་ཤིང་སྐྲག་སྟེ་ཅི་བྱ་གཏོལ་མེད་པར་གྱུར་ནས་པད་སློན་གྱི་དྲུང་དུ་ས་ལ་བབས་ནས་སྨྲ་ངན་གྱི་གདུང་བས་སྙིང་ལ་ནོན་ཏེ་ས་ལ་འགྲེ་ལོག་བྱེད་ཅིང་འདི་སྐད་དུ།

ཀྱི་ཧུད་ཀྱི་ཧུད་འཇིགས་ཤིང་སྐྲག་པ། །
ཨ་ཙི་ཨ་ཙི་སློ་བུར་རྐྱེན་ངན། །
ཅི་བྱེད་ཅི་བྱེད་མ་རུངས་འཆེ་བ། །
འཕྲུལ་དུ་འདི་རུ་བདུད་པོ་སུ་སླེབ། །
མཁའ་ལམ་ཡིད་འོང་ཉིན་བྱེད་དཀྱིལ་འཁོར། །
སློ་བུར་འགེབས་པའི་དྲག་ཤུལ་དེ་སུ། །

ས་གཞིར་བཀོད་པའི་མེ་ཏོག་འདབ་བརྒྱ།།
འཕྲུལ་དུ་སྤྲུད་པའི་རྒྱན་ངན་དེ་ཅི།།
ཡིད་འོང་སྙིང་སྡུག་གྲོགས་དེ་གར་སོང་།།
འཛམ་པའི་འདབ་ཡངས་བསྒྲུད་དེ་གར་སོང་།།
སྙན་པའི་གླུ་སྒྲ་སྒྲོགས་དེ་གར་སོང་།།
བརྩེ་བའི་གསང་གཏམ་ཅན་དེ་གར་སོང་།།
མཛེས་པའི་འཛུམ་མདངས་ཅན་དེ་གར་སོང་།།
དགྱེས་པའི་འཕུར་ལྡིང་ཅན་དེ་གར་སོང་།།
གཡུ་ལོ་ཟླུར་མིག་ཅན་དེ་གར་སོང་།།
ཀང་ཧྲུག་ཡན་ལག་མཛེས་དེ་གར་སོང་།།
གསལ་བའི་ཐིག་ལེ་ཅན་དེ་གར་སོང་།།
གནག་སྨུམ་སྐྲ་ཚོག་ཅན་དེ་གར་སོང་།།
ཁོ་བོའི་སྙིང་གི་དུམ་བུ་གར་སོང་།།
འདབ་ཡངས་ཁོག་པ་སྟོང་ན་ཅི་བྱེད།།
ཡོང་ཡོང་ངག་སྙན་སྙིང་སྡུག་ཨེ་གོ།
འདབ་ཡངས་གཏམ་ལ་ཡ་ལན་མེད་ན།།
སྙིང་འདི་ཚལ་བར་འགས་ལ་ཉེ་འོ།།
གློ་བུར་སྙིང་རྗེ་མེད་པའི་སྤྲིན་ནག།
ཉེས་མེད་སྤྲང་བུའི་ཉམས་སྐྱོང་འདི་ཅི།།

འདབ་ཡངས་པད་མ་འདབ་བརྒྱའི་དྲིན་ཅན།།

ཁྱེད་ལ་རང་དབང་མེད་པ་ལགས་སམ།།

ཀུན་ཕན་ཉིན་བྱེད་སྙིང་རྗེའི་མངའ་བདག །

མ་རྟུངས་སྤྲིན་ནག་གྲིབ་ན་མ་བཞུགས།།

ཐུགས་རྗེའི་ཚ་ཟེར་འོད་སྣང་སྤྲོས་རོག །

མ་རྟུངས་སྤྲིན་ནག་གཏོར་བའི་རླུང་པོ།།

བ་ཡ་བེ་དེ་ཡིན་ན་དགའ་བ།།

པད་མ་འདབ་བརྒྱ་འབྱེད་པའི་སྟོབས་ལྡན།།

རྐང་གཉིས་མི་ཞིག་ཡིན་ན་དགའ་བ།།

ཉམ་ཆུང་སྦྲང་བུའི་ལས་བསྔོས་འདི་འདྲ།།

ཀྱི་ཧུད་མཐོན་པོ་གནམ་གྱིས་ཨེ་དགོངས།།

མ་རྟུངས་སྤྲིན་ལ་བཀའ་ཞིག་ཕེབས་རོག །

ངག་སྙན་ངག་སྙན་སྙིང་གི་ཐིག་ལེ།།

ངག་སྙན་ངག་སྙན་ཡིད་ཀྱི་འཕྲི་ཤིང་།།

ངག་སྙན་ངག་སྙན་བརྩེ་བའི་གླུ་གྲོགས།།

ངག་སྙན་ངག་སྙན་སྙིང་སྡུག་ལྷ་མོ།།

ཀྱི་ཧུད་ཀྱི་ཧུད་འདབ་ཡངས་སྡུག་སྡུག །

ཅེས་ཟེར་ཞིང་ཤིན་ཏུ་ཉམ་ཐག་པར་བསྒྲེ་ཞིང་འདུག་གོ། དེར་

ངག་སྙན་གྱིས་ཀྱང་ཅུང་ཞིག་དབྱུགས་ངལ་སོས་ནས་དལ་བྱུས་གཏམ་སྒྲ་རྒྱུས་པར་སྒྱུར་ཏེ་བསྙོའི་སྐྱབས་ནས་འདབ་ཡངས་འདབ་ཡངས་ཞེས་འབོད་པར་བྱེད་དོ། །དེར་འདབ་ཡངས་ཀྱང་ཤིན་ཏུ་དགའ་སྟེ་ངག་སྙན་སོས་པ་སྙམ་བྱེད་ཅིང་རྟབ་རྟོབ་ཏུ་ལངས་ནས་བརྡའི་འདབ་མ་ལ་ཁ་གཏད་དེ་ངག་སྙན་ཞེས་འབོད་པར་བྱེད་དོ། །དེའི་ཚེ་ངག་སྙན་གྱིས་འདབ་ཡངས་ཀྱིས་འབོད་པའི་སྐད་ཀྱང་ཐོས། རང་ཉིད་པད་མའི་སྐྱབས་སུ་འཁྱམས་པ་ཡང་ཤེས་ཏེ་རྟོག་དཔྱོད་ཞིབ་ཏུ་བཏང་ནས། ཨ་ཁ་ཁ་ངེད་གཉིས་ནས་སྔོན་ཆད་དྲང་སྲོང་ཆེན་པོ་དོན་ཀུན་གྲུབ་པ་དེའི་དྲུང་ནས་ཟབ་རྒྱའི་གདམས་ངག་ཐོབ་པ་ཡིན་ཀྱང་ཉམས་སུ་ཉི་ཙུང་ཟད་ཀྱང་མ་ལོན། ཡང་དག་པའི་ལྷ་ཆོས་བསྒྲུབ་འདོད་ཀྱི་བློ་གཏད་དང་དམ་བཅའ་ཡོད་དེ། ཆོས་བྱེད་འདོད་ཀྱི་ངང་ལ་ཚེ་ཚད་ཛོགས། ད་ནི་བརྡའི་སྐྱབས་འདིར་ལྷ་འཕོ་ལྟུང་གི་སྡུག་བསྔལ་ལྟ་བུ་ཡུན་རིང་མྱངས་ནས་མཐར་འཆི་དགོས་པ་ཡིན་ནོ། །ཡང་ན་སླར་ཡང་ཉི་མའི་འོད་ཟེར་ཐོག་ནས་མེ་ཏོག་གི་འདབ་བརྒྱ་གྲོལ་ནས་མ་ཤི་བར་ཐར་བ་ཡང་སྲིད་དམ། གང་ལྟར་ཡང་འདབ་ཡངས་མྱ་ངན་གྱིས་ནོན་འདུག་པས་འདི་ལ་གཏམ་ལན་ཞིག་གཞལ་ན་ཐོས་པ་ཡིན་ནམ་སྙམ་དུ་འདི་སྐད་དོ།

ཀྱེ་ཀྱེ་འདབ་ཡངས་ཀྱེ་ཀྱེ་འདབ་ཡངས། །

འདབ་མ་རབ་ཡངས་ལྷ་ཡི་གྲུས་པོ། །
གསུང་སྙན་ཡིད་འོང་རྣ་བའི་བདུད་རྩི། །
ཐོས་པར་ཡོད་པ་སྙིང་ལ་དགའ་ཡང་། །
ལང་ཚོའི་ཞལ་མཛེས་མིག་གི་བདུད་རྩི། །
མཇལ་དུ་མེད་པའི་སྐལ་དམན་འདི་ཅི། །
སློ་བུར་སྨུན་པ་འཆི་བདག་དབང་ཆེན། །
ནམ་ཅམ་སླེབ་པ་ངས་ཉི་མ་ཤེས། །
ཀུན་ཕན་ཉིན་བྱེད་སྣང་བའི་དཀྱིལ་འཁོར། །
མཁའ་ལམ་མི་གནས་གང་དུ་ཕེབས་སོང་། །
རིག་འཛམ་འདབ་མའི་མལ་སྟན་བཀོད་དང་། །
རོ་མངར་རྩི་བཅུད་བདུད་རྩི་འཇག་ལ། །
དྲི་ཞིམ་སྤྲོས་བསུང་སྣ་ཡི་བཅུད་ལེན། །
དཀར་དམར་ལང་ཚོ་མིག་གི་དགའ་སྟོན། །
འདོད་རྒུའི་ལོངས་སྤྱོད་བད་མའི་དཀྱིལ་འཁོར། །
སྲོག་གཅོད་གཤེད་པོར་གྱུར་པ་འདི་ཅི། །
སྲབ་འཛམ་འདབ་བརྒྱ་གདུག་པའི་བཙོན་ཁང་། །
འཁྱེར་པ་བྲིལ་མངར་སྦོམ་བྱེད་ལྦུགས་སྦྲག །
འགྱུར་བའི་སྡུག་བསྔལ་འདི་འདྲ་ལགས་སོད། །
ཀྱེ་ལགས་དྲིན་ཅན་དྲང་སྲོང་ཆེན་པོས། །

བཀའ་གསུང་བདུད་རྩིའི་གདམས་ངག་གནང་དུས། །

མི་རྟག་འཁོར་བའི་མཚན་ཉིད་གསུངས་པ། །

ད་རེས་རང་རེའི་སྙིང་དུ་མཛོན་སུམ། །

བདེ་སྐྱིད་ལྷ་ལ་འགྲན་པའི་ཡོངས་སྤྱོད། །

ཉམ་ཐག་གཡེན་རྫེའི་གྲོང་སྔོར་སླེབ་ལ། །

མིག་གི་འབྱེད་འཛུམ་ཙམ་ལས་མ་འགོར། །

ཀྱི་ཧུད་འཕོ་ལྷུང་སྡུག་བསྔལ་འདི་འདྲ། །

ལྷ་ཆོས་བསྒྲུབ་འདོད་སེམས་ན་ཡོད་ཀྱང་། །

འཕྲལ་དུ་བརྩོན་པའི་ཉམས་ལེན་མ་ནུས། །

འཕྲང་རིང་བར་དོ་འགྲིམ་དགོས་བྱུང་ན། །

བློ་གཏད་ཐེར་བའི་དམ་ཆོས་མི་འདུག །

འཆི་བ་འོངས་སྐམ་སེམས་ན་ཡོད་ཀྱང་། །

ནམ་འཆི་ཆ་མེད་རྒྱུད་ལ་མ་སྐྱེས། །

བག་ཡངས་སྙོམ་ལས་ལེ་ལོའི་ངང་ལ། །

འཆི་བདག་བདུད་པོ་གློ་བུར་སླེབ་བྱུང་། །

འཁོར་བའི་སྡུག་བསྔལ་སེམས་ན་ཡོད་ཀྱང་། །

འཕྲལ་སྣང་ཉམས་དགའི་ཞེན་པ་མ་ཆོད། །

ཡུལ་ལྷའི་བདུད་ཀྱིས་དབང་ལྷ་བསླུས་ནས། །

སྡུག་བསྔལ་འཁོར་བའི་གཞི་མ་གྲུབ་སོང་། །

རྒྱུ་འབྲས་བསླུ་མེད་སེམས་ན་ཡོད་ཀྱང་། །

སྤང་བླང་ཟབ་མོའི་ལག་ལེན་མ་ཟུང་། །

རྣམ་གཡེང་ངང་ལ་མི་ཚེ་ཟད་ནས། །

དགེ་བ་འདི་སྒྲུབ་གཏད་སོ་མི་འདུག །

ཀྱེ་ལགས་སྙིང་སྡུག་བྱང་བ་གཞོན་ནུ། །

འཆི་བདག་བདུད་པོ་འཛིགས་སུ་རུང་བའི། །

དགྲ་ཞིག་ཡོད་ཅེས་སྔོན་དུ་ཐོས་པ། །

ད་རེས་མངོན་སུམ་སླེབ་པ་འདྲ་འོ། །

འདུག་པའི་གནས་ལ་པད་མའི་སྐྱེད་ཚལ། །

བསྒྱུར་འདོད་བསམ་པ་སྙིང་ན་མེད་དེ། །

ད་རེས་གློ་བུར་འཆི་བདག་རྒྱལ་པོས། །

གཤིན་རྗེའི་གྲོང་སྐོར་ཁྲིད་པར་འདུག་གོ །

བཟའ་བའི་ཟས་ལ་རྩི་བཅུད་ཟིལ་མངར། །

སྤང་འདོད་བསམ་པ་སེམས་ན་མེད་དེ། །

ད་རེས་དབང་མེད་བཙན་པོའི་ཁྲིམས་ཀྱིས། །

ཟས་སུ་དྲི་གསུར་ཟ་དགོས་འདུག་གོ །

འགྲོ་བའི་ལམ་ལ་བར་སྣང་ཡངས་པ། །

འདི་ལས་གཞན་དུ་འབབ་འདོད་མེད་དེ། །

ད་རེས་དབང་མེད་གཤིན་རྗེས་ཁྲིད་ནས། །

འཕྲང་རིང་བར་དོར་འཁྲིམ་དགོས་འདྲ་འོ། །

བརྩེ་བའི་གཉེན་ལ་དྲིན་ཆེན་ཕ་མ། །

འདི་ལ་བྱེར་འདོད་སེམས་ན་མེད་དེ། །

ད་རེས་ཆོས་ཀྱི་རྒྱལ་པོའི་ཁྲིམས་རར། །

གཉེན་མེད་བཤེས་མེད་འཁྱམས་པ་འདྲ་འོ། །

བསྐྱངས་པའི་འཁོར་ལ་འབྲུ་སྣང་སྒྲོག་ཆགས། །

འདི་ལས་འབྲལ་འདོད་སེམས་ན་མེད་དེ། །

ད་རེས་ཕྱི་མའི་ལམ་ཆེན་བླངས་ནས། །

གྲོགས་མེད་གཅིག་པུར་འགྲོ་དགོས་འདྲ་འོ། །

བགོ་བའི་གོས་ལ་ཤིང་བལ་རེག་འཇམ། །

འདི་ལ་སྤྲང་འདོད་སེམས་ལ་མེད་དེ། །

ད་རེས་འཆི་བདག་ཞགས་པས་བཅིངས་ནས། །

གོས་མེད་གཅེར་བུར་འཁྲིད་པ་འདྲ་འོ། །

འགྲོགས་པའི་གྲོགས་ལ་འདབ་ཡངས་གསེར་སྦྲང་། །

འདི་ལས་འབྲལ་འདོད་སེམས་ན་མེད་དེ། །

ད་རེས་འདུས་བྱས་རང་མཚང་བསྟན་ནས། །

མཐོང་ཐོས་མེད་པར་འགྲོ་བ་འདྲ་འོ། །

ཀྱེ་ཀྱེ་ཡིད་འོང་སྙིང་སྡུག་གཞོན་པ། །

དང་པོ་འགྲོགས་ནས་ད་ལྟའི་བར་དུ། །

བརྩེ་བའི་འཇམ་གྱིས་བསྐྱངས་པའི་ཞལ་མཛེས། །
གནག་པའི་ཁྲོ་གཉེར་བསྡུས་པ་མི་དྲན། །
བྱམས་པའི་གསུང་གིས་བསྐྱངས་པའི་ངག་སྙན། །
ཁྲོས་པའི་བཀའ་བཀྱོན་གནང་བ་མི་དྲན། །
བརྩེ་བའི་ཐུགས་ཀྱིས་འགྲོགས་པའི་ངང་བཟང་། །
ཁྲེལ་མེད་ཕྱི་ཐག་བསྲུང་བ་མི་དྲན། །
འཕྲུལ་དགོས་ལོངས་སྤྱོད་ཡུལ་གྱི་ཉེར་སྤྱད། །
ང་ཁྱོད་ཁྱད་པར་ཕྱེ་བ་མི་དྲན། །
རྒྱུན་རིང་འཕྲུལ་དང་འཕྲུལ་གྱི་མཛད་སྤྱོད། །
མི་དགེའི་རྣམ་འགྱུར་ངོམ་པ་མི་དྲན། །
གཞུང་བཟང་ཕྱི་ཐག་རིང་བའི་ཐུགས་ཀྱིས། །
བསྐྱངས་པའི་སྐྱ་དྲིན་སེམས་ན་ཡོད་ལགས། །
ཐུགས་བརྩེ་འདུ་འབྲལ་མེད་པའི་ཚུལ་གྱིས། །
འགྲོགས་པའི་བརྩེ་གདུང་སེམས་ན་ཡོད་ལགས། །
ཡིད་འོང་སྙང་བ་མཐུན་པའི་གསུང་གིས། །
བྱམས་པའི་གསུང་སྒྲོས་སེམས་ན་ཡོད་ལགས། །
ཡིད་གཟུགས་འདུ་འབྲལ་མེད་པའི་ཚུལ་གྱིས། །
ཐུགས་བརྩེ་ཐུགས་གཏད་སེམས་ན་ཡོད་ལགས། །
སྡོད་པའི་གནས་དང་འབྲལ་འབྲལ་འདྲ་ཡང་། །

གནས་ཡུལ་རང་གནས་བསམ་ནས་མི་འཁྱིད།།
བསགས་པའི་ནོར་དང་འབྲལ་འབྲལ་འདྲ་ཡང་།།
ཡོངས་སྤྱོད་འབྱོར་པ་བསམ་ནས་མི་འཁྱིད།།
བསྐྱངས་པའི་གཡོག་དང་འབྲལ་འབྲལ་འདྲ་ཡང་།།
མངག་གཞུག་འཁོར་གཡོག་བསམ་ནས་མི་འཁྱིད།།
གཅེས་པའི་ལུས་དང་འབྲལ་འབྲལ་འདྲ་ཡང་།།
ལང་ཚོའི་ན་ཚོད་བསམ་ནས་མི་འཁྱིད།།
ཕངས་པའི་སྲོག་དང་འབྲལ་འབྲལ་འདྲ་ཡང་།།
འདི་སྣང་བདེ་སྐྱིད་དྲན་ནས་མི་འཁྱིད།།
བྱམས་སྐྱོང་སྙིང་སྡུག་ཁྱེད་ཀྱི་དྲུང་ནས།།
འབྲལ་དགོས་སྡུག་བསྔལ་སྙིང་ལ་ཟུག་པའི།།
འཁྱིད་པ་འདི་ལ་བཟློག་ཐབས་མི་འདུག །
བྱམས་པའི་ཞལ་གྱི་མཛེས་པ་དྲན་ནས།།
མིག་ལས་མཆི་མའི་ཆར་རྒྱུན་ཐར་ཐར།།
བརྩེ་བའི་ཐུགས་ཀྱིས་དགོངས་པ་དྲན་ནས།།
སེམས་ལ་སྡུག་བསྔལ་མུན་པ་འཐིབ་འཐིབ།།
བརྩེ་བའི་གསུང་གིས་དབུགས་དབྱུང་དྲན་ནས།།
ཡིད་ལ་གདུང་བའི་མེ་དཔུང་འབར་ཡང་།།
ད་ནི་ལས་དབང་སླེབ་པས་ཅི་བྱ།།

འཆི་བདག་གཤིན་རྗེའི་དམག་དཔུང་སྲུས་བཟློག །
སྡུག་བསྔལ་འཁོར་བའི་སྣང་ཚུལ་སྲུས་འགེགས། །
ཁྱེད་ཀྱང་གནས་ཚུལ་འདི་ལ་དགོངས་ནས། །
ཐུགས་ལ་འགྱོད་པ་མེད་པར་ཞུ་འོ། །
ད་དུང་ཉིན་བྱེད་སྣང་བའི་འོད་ཕྲེང་། །
ཕེབས་ན་ཐར་ཡང་སྲིད་པ་ཡོད་ཀྱི། །
བག་ཡངས་ཐུགས་བག་བརྒྱངས་ལ་བཞུགས་མཛོད། །
གལ་ཏེ་མ་ཐར་འདི་རུ་ཤི་ཡང་། །
བརྩེ་བས་འགྲོགས་པའི་སྙིང་གྲོགས་ཁྱེད་ཀྱིས། །
སྨོན་ཚད་བརྩེ་གདུང་བྱམས་པས་སྐྱོང་ཚུལ། །
དེ་ལས་ལྷག་པའི་མཛད་ཐབས་མེད་ཀྱི། །
ཚེ་མཐའི་འདུན་མ་འཁྲུངས་པ་ཡིན་ལགས། །
སྨོན་ཚད་རང་རེ་སྐྱིད་པའི་སྐབས་ན། །
ཞེ་འདོད་སྙིང་ལ་བྲིས་པའི་དམ་བཅའ། །
ད་ལྟ་དམ་པའི་ཐུགས་ལ་མངའ་འམ། །
ཕྱིན་ཚད་འབྲལ་བའི་དུས་ཚོད་བྱུང་ཡང་། །
ཁྱེད་ཐུགས་དམ་བཅའ་བསྐྱུར་བར་མ་མཛོད། །
བློ་གཏད་དམ་ཆོས་འཕྲུལ་འཁྲིལ་བྱུང་ན། །
དེ་ལས་གཞན་པའི་ཞུ་དོན་མེད་ལགས། །

ཞེས་ཟེར་ཞིང་འདུག་གོ། དེར་འདབ་ཡངས་ན་རེ།

ཀྱེ་ཀྱེ་ངག་སྙན་ཀྱེ་ཀྱེ་ངག་སྙན།།
ངག་སྙན་གླུ་ལེན་གཡུ་ཡི་སྦྲང་ཆུང་།།
མ་འཇིགས་མ་འཇིགས་བློ་ཡི་བག་ཡོབ།།
མ་སྐྲག་མ་སྐྲག་སེམས་ཀྱི་དཔའ་སྐྱེད།།
ཕྱུན་རིང་མི་བརྟན་འཕྲུལ་གྱི་སྐྱིད་སྡུག།
གནས་གཅིག་མི་འདོད་ནམ་མཁའི་སྤྲིན་ནག།
ཉམས་པ་མི་སྲིད་ཉིན་བྱེད་འོད་སྣང་།།
གློ་བུར་སྤྲིན་ནག་འཕྲུལ་གྱི་རྐྱེན་ངན།།
བར་ཆད་འདི་ལ་སེལ་ཐབས་ཡོད་འགྲོ།།
བརྒྱངས་པའི་འབུ་སྦྲང་སྲིན་བུའི་འཁོར་མང་།།
ཕྱོགས་ཕྱོགས་མངག་གཞུག་བང་མིར་བཏང་ན།།
དོན་གཉེར་ཡིད་ཀྱི་འདོད་པ་སྒྲུབ་ཆོག།
བསགས་པའི་ནོར་རྫས་སྦྲང་རྩིའི་བང་མཛོད།།
གཏོང་ཕོད་བྱས་ན་འཕྲུལ་རྐྱེན་སེལ་འགྲོ།།
རྒྱལ་ཁམས་ཤེས་ཅན་མཁས་དགུར་དྲིས་ན།།
འཕྲུལ་རྐྱེན་རྒྱུ་རྐྱེན་ཟློག་ཐབས་ཤེས་ཡོང་།།
ནུས་ལྡན་དབང་ཡོད་གཞན་ལ་རེ་ན།།

གློ་བུར་སྤྲིན་ནག་གདོང་བཟློག་བྱེད་འགྲོ། །
ཕྱོགས་མེད་གྲོང་དང་བྲག་རིའི་ཚང་ན། །
ནག་ཆུང་ཕོ་རོག་སྐད་འགྱུར་རྒྱག་ཅིང་། །
རྒྱལ་ཁམས་ཡོངས་ལ་མཚོན་ཤེས་འཆད་སྐད། །
འདི་ལ་དྲིས་ན་ལུང་བསྟན་གནང་འོང་། །
མཐོན་པོའི་མཁར་གྱི་མཐོངས་ཁ་བད་རྩེར། །
མཆིལ་པ་རྒྱ་བོའི་མང་ཚོགས་འདུས་པས། །
ཞུར་ཞུར་གཟུངས་སྔགས་རྣམ་འཇོམས་གསུངས་སྐད། །
ཚོགས་འདི་དྲངས་ན་གསུང་སྒྲུབ་གནང་འགྲོ། །
ཁྲན་པ་རྫིང་བུའི་རྣན་གཤེར་ཁྲོད་ན། །
མི་སྡུག་སྟོན་པའི་སྦལ་པ་རྒྱ་བོ། །
ཀླུ་བདུད་ནག་པོའི་ཕོ་ཉ་ཡིན་སྐད། །
འདི་ལ་ཞུས་ན་ཐབས་ཤིག་ཡོད་འགྲོ། །
ཁུང་དང་ཤིང་དྲུང་ལོ་མའི་ཁྲོད་ན། །
འཇིགས་གཟུགས་ཛོམ་པའི་དུག་སྦྲུལ་ནག་པོ། །
ཆུ་བདག་གདུག་པའི་རང་གཟུགས་ཡོད་སྐད། །
འདི་ལ་སྐྱབས་ན་སྤྲིན་ནག་བཟློག་འགྲོ། །
རི་རྩེ་ས་ཕུག་རང་གི་གནས་ན། །
ཕུན་རིང་བསྒོམས་པའི་ཕྱི་བ་སྒོམ་ཆེན། །

བསམ་གཏན་གྲུབ་པའི་ཉིང་འཛིན་ཡོད་སྐད། །
ཁོང་ལ་ཞུས་ན་ཐུགས་གཏད་གནང་འོང་། །
ཡིད་འོང་སྨོན་ཤིང་འདབ་མའི་རྩེ་ལ། །
སྙན་སྙན་སྒྲོག་པའི་གཡུ་བྱ་ཁྲ་ཟླུག །
ཆར་སྤྲིན་འབོད་པའི་སྐད་གཏོང་ཡིན་སྐད། །
འདི་ལ་བརྟན་ན་གསུང་ངག་བསྒྲུབ་འགྲོ། །
བྱང་ཐང་སྤང་ལྗོངས་ཉམས་དགའི་ཐང་ན། །
ཁ་དཀར་རྒྱང་ཚུང་ལྷ་ཡི་བང་ཆེན། །
ཉི་ཟེར་འབོད་པའི་ནོར་བུ་ཡོད་སྐད། །
ཁོང་ལ་ཞུས་ན་མྱུར་མྱུར་བརྙེག་འགྲོ། །
ངེས་མེད་གནས་དང་རང་གི་ཁྲུང་ན། །
ཀུན་གསོད་རྫོན་པ་སྟོམ་ནག་ལག་དགུ། །
གདོལ་པ་ནག་པོའི་སྤྲུལ་པ་ཡིན་སྐད། །
འདི་ལ་གཅར་ན་ཐབས་ཚུལ་བྱེད་འགྲོ། །
བར་སྣང་ལམ་ནས་རི་རྩེ་བྲག་སྟེང་། །
འཚེར་སྐད་སྒྲོག་པའི་འོལ་བ་སྐྱུག་ཚུང་། །
མཁའ་ལྡིང་རྒྱལ་པོའི་པོ་ཉ་ཡིན་སྐད། །
འདི་ལ་གཏད་ན་དྲག་ཤུལ་བྱེད་འགྲོ། །
ཅིས་ཀྱང་མི་བཟློག་རྐྱེན་ངན་མི་སྲིད། །

བཤགས་ཀྱང་མི་འདག་ལས་ངན་མི་སྲིད།།
གཉེན་པོས་མི་ཟོན་བར་ཆད་མི་སྲིད།།
ལྡོག་ཐབས་མེད་པའི་བདུད་གཙོད་མི་སྲིད།།
ལྡོ་ཡོད་ཐབས་ཡོད་གསེར་སྲུང་འདབ་ཡངས།།
གྲུ་ཡངས་གནས་ན་རང་དབང་ཐེམས་འདུག །
ཅི་དགའ་གང་དྲག་ཐབས་བརྒྱ་འབད་དགོས།།

ཞེས་ཟེར་ནས་བྱ་རོག་གི་དྲུང་དུ་སོང་ནས་དྲིས་པས།

འཁྲུང་ཁུངས་སྐྱ་ཡིན་འདུལ་བྱེད་ཁྱུང་།།
གཉེན་པོ་རླུང་ཡིན་ལྡོག་ཐབས་མང་།།
འཕྲུལ་དུ་འཚུབས་ཀྱང་ཤུགས་མི་སྐྱོན།།

ཟེར་སྐད། དེ་བཞིན་ཐམས་ཅད་ཀྱི་དྲུང་དུ་ཕྱིན་པས། མཆིལ་པའི་ཚོགས་དཔོན་ན་རེ།

འདུས་པའི་ཕྱིན་རླབས་མེ་དཔུང་འདྲ།།
སྟོན་ལས་ནགས་ཚལ་བསྲེགས་ནུས་ན།།
འཕྲུལ་རྐྱེན་རྩ་སྲུར་སློས་ཅི་དགོས།།

འབྲུལ་བ་ཞབས་ཏོག་གཟབ་དགོས་སོ། །

ཟེར་ནས་ཕེབས་ཏེ་གསུང་སྒྲུབ་བྱེད་སྐད། ཐལ་པ་ན་རེ།

མི་སྡུག་སྡོན་པའི་ཐལ་པ་ང་། །
སྒྲ་བདུད་ནག་པོའི་ཕོ་ཉ་ཡིན། །
སྤྲིན་ནག་འབྱུང་ཁུངས་གཏོལ་བ་སྒྲ། །
ཁོང་ལ་ཞུས་ན་སེལ་ཡོས་ཐུས། །

ཟེར་ནས་ལྷ་སྲུངས་གནམ་དུ་གཅེར་སྐད། སྤྲུལ་ན་རེ།

ཆུ་བདག་ཁྲོས་པའི་གདེངས་ཀ་ལས། །
སྔངས་པ་སྤྲིན་ནག་སེར་བ་འབྱུང་། །
གདེངས་ཀ་གདུག་པ་སྤྲུལ་ལ་དབང་། །
སྤྲིན་ནག་སེལ་ཐབས་ང་ལ་ཡོད། །

ཟེར་ནས་འཁྲིལ་འགྲོས་བྱེད་སྐད། ཕྱི་བ་ན་རེ།

ངས་ནི་ཡེངས་མེད་ཉིད་འཛིན་བསྒོམ། །

འོན་ཀྱང་གསེར་སྦྲང་ཞལ་ངོ་གཉན། །
མཚམས་ཁྲུང་ཞབས་བརྟན་ལོས་ཀྱང་སླེབ། །
ནམ་ཕྱུགས་མི་སྐྱོན་ངེས་པ་ཡིན། །

ཟེར་ནས་མིག་ཟིམ་ཟིམ་བྱེད་སྐད། ཁྲ་ཐུག་ན་རེ།

ཆར་སྤྲིན་ལྷ་ཡི་བཀའ་སྡོད་ལ། །
བང་ཆེན་ཁྲ་ཐུག་སྔོན་མོ་ཡིན། །
འབྱིན་བཞུགས་རང་དབང་ཙུང་ཟད་ཡོད། །
གང་དྲག་ཐབས་རྩལ་ལོས་ཀྱང་བྱེད། །

ཟེར་ནས་ལྡེམ་ལྡེམ་འདུག་སྐད། རྐྱང་ན་རེ།

ཐོ་རངས་རྐྱང་ཚུང་ཙུ་རང་། །
ཡ་མཚུ་ཡིད་བཞིན་ནོར་བུ་ཡིན། །
མཁའ་སྤྲིབ་སེལ་བའི་ཕྱུགས་མ་ཡིན། །
ང་ལ་རེ་བ་མ་ནོར་འདུག །

ཟེར་ནས་ཡ་མཚུ་གནམ་དུ་བཏེག་གོ། སྒོམ་ནག་ན་རེ།

གདོལ་པ་བྲིས་པའི་ཁ་རྒྱངས་དེ། །
སེལ་བྱེད་གཞན་གྱིས་སེལ་མི་ནུས། །
འབྲུ་སྣང་མང་པོའི་ཤ་ཚོགས་ན། །
ཡས་མཆོད་གདོན་བཀྲོལ་ང་ཡིས་བྱེད། །

ཟེར་ནས་མདོས་ཐག་མང་པོ་བྲན་སྐད་དོ། །འོལ་པ་ན་རེ།

ཀླུ་འདུལ་ཁྱུང་ཆེན་ང་རང་ཡིན། །
སྦྲུལ་བཟའ་སྦྲུལ་འཆའ་ཀླུ་ནོར་གཞོམ། །
སྡེར་མོའི་ནུས་པ་གནམ་ལྕགས་འདྲ། །
དྲག་རྩལ་སྒོ་ནས་རྩལ་དུ་བརྒྱག །

ཟེར་ནས་ནམ་མཁའ་ལ་བཕུར་ཞིང་བཕུར་སྐད་འདེབས་སྐད་དོ། །དེར་འདབ་ཡངས་ནས་ཀུང་ཡོངས་ལ་གྲགས་པའི་སྲོག་ཆགས་ཆེ་རྒྱ་དེ་དག་གི་གསུངས་ཚུལ་ལ་བལྟས་ན་ནམ་ཕྱུགས་སྤྲིན་ནག་དེངས་ནས་ངག་སྐྱན་ཡང་ཐར་བ་ཞིག་འོང་བ་ཡིན་ནམ་སྐམ་ནས་གློ་བག་ཕབ་སྤེ་ཚང་ཞིག་གནས་པའི་ཚེ། ནམ་མཁའ་ལ་སྤྲིན་ནག་ལྟོག་ལྟོག་ཁོལ་ཞིང་ཕྱོགས་ཐམས་ཅད་ཀུང་ནམ་ནག་འཁོར་འཁོར་བྱེད་ལ། ལྟོ་ཕྱོགས་ནས་འབྲུག་སྒྲ་ལྡི་རི་རི་བྱེད་པ་དང་ཆབས་ཅིག་རླུང་དྲག་པོ་

ཨུ་རུ་རུ་གཡོ་བ་དང་མཉམ་དུ་པདྨའི་འདབ་མ་རྣམས་ཀྱང་ལྷག་པར་ཡང་བཅུམ་ཞིང་སྟུད་དུ་བྱུང་བས་ངག་སྙན་ཡང་པདྨའི་སྦུབས་སུ་འཁྲུམས་ནས་རྐང་ལག་རྣམས་བརྐྱང་བསྐུམ་མི་ནུས་ཤིང་། དབུགས་ཀྱང་འཚུབས་ཏེ་སྐད་འདོན་དཀའ་བར་གྱུར་ནས་སྐད་གདངས་དམའ་བས་འདི་སྐད་དོ།

ཀྱེ་མ་འདབ་ཡངས་ལྷ་ཡི་སྲས།།
མེ་ཏོག་འདབ་བརྒྱ་བཅུམ་ཞིང་བྱུང་།།
གེ་སར་གདུག་རྩུབ་ཚེར་ལྟར་གཟན།།
འདབ་མའི་སྲུལ་མང་ཇོ་ལྟར་སྲ།།
འཁྲུམས་པས་རྐང་ལག་བརྐྱང་བསྐུམ་དཀའ།།
འཚུབས་པས་དབུགས་ཀྱི་འཛིན་སྟུད་དཀའ།།
འཚངས་པས་གཏམ་གྱི་བརྗོད་པ་དཀའ།།
ད་ཉི་མི་ཐར་ཐག་གིས་ཆོད།།
ཕྱུགས་ནས་འབྲུག་སྒྲ་ལྡི་རི་རི།།
སྒོ་ཐུར་རྒྱང་པོ་ཨུ་རུ་རུ།།
པད་སྦུབས་འཕྱོ་ཞིང་ལྡིང་ལུགས་ཀྱིས།།
རྫིང་བུ་འཕྱོ་ཞིང་གཡོ་བ་འདྲ།།
སྤྲིན་ནག་སེར་བ་འོང་ཐག་ཆོད།།

སྨིན་ཐང་དྲག་རྒྱལ་བྱུང་བ་ན།།

སྨིས་པའི་རྒྱ་ལྡང་སྐྱོལ་ཞིང་འགྲོ།།

འགྲེང་བའི་ཕང་སྤྲུབས་གཅིག་ཅིང་འགྲོ།།

བཀོད་པའི་ཡལ་འདབ་གཅོད་ཅིང་འགྲོ།།

སྨིན་པའི་འབྲས་བུ་གཏོར་ཞིང་འགྲོ།།

རྒྱས་པའི་མེ་ཏོག་བརླག་ཅིང་འགྲོ།།

གནམ་ས་ཐོག་འོག་བསྒྱུར་ལ་ཁད།།

སྤྲ་མོའི་བྲག་ཀྱང་བཤིག་ལ་ཁད།།

མཐོན་པོའི་ཤིང་ཡང་བཅོམ་ལ་ཁད།།

དྲག་རྒྱལ་གནམ་ལྷགས་འཐེབས་ཤིང་འོང་།།

ད་ཉི་ཁྲེད་ཀྱང་འབྲོས་ན་འཐད།།

ངག་སྙན་མི་ཐར་ཐག་གིས་ཆོད།།

ཤི་གསོན་བྱེ་བའི་གཏམ་གཞུག་ལ།།

སྨྲ་མང་མི་འཐད་མདོ་དོན་འདྲིལ།།

ཕྱོན་ཆད་དྲང་སྲོང་ཆེན་པོའི་གསུང་།།

ད་རེས་སེམས་ལ་ལྷག་པར་གཅགས།།

ཕྱུག་བསྡུལ་འཁོར་བའི་གནས་ཚུལ་གཏམ།།

ད་རེས་ལྷག་པར་རང་ངོ་འཕྲོད།།

ཐམས་ཅད་རྟག་པ་མེད་པའི་གསུང་།།

ད་རེས་ལྷག་པར་མཛོན་དུ་གྱུར། །

འདུས་ཚད་ངེས་པར་འབྲལ་བ་ལས། །

ཁྲིད་ཀྱང་ཐུགས་གཙོང་བྱུས་ཞན་འདྲ། །

ངས་ཀྱང་མི་འགྱོད་སྙིང་རུས་བྱེད། །

སྤུར་གཏམ་དར་གྱི་མདུད་པ་དེ། །

ད་དུང་མ་གྲོལ་དམ་ལགས་སམ། །

ཞེ་འདོད་རྫོ་ཡི་རི་མོ་དེ། །

ད་དུང་མ་ཟུམ་བཀྲ་ལགས་སམ། །

དམ་བཅའ་སྙིང་གི་ཕུར་པ་དེ། །

ད་དུང་མི་བུད་བརྟན་ལགས་སམ། །

སྡུག་བསྔལ་འཁོར་བའི་སྣང་ཚུལ་ལ། །

སྐྱོ་བ་གཏིང་ནས་སྐྱེས་ལགས་སམ། །

འཆི་བདག་ནམ་འོང་མེད་པ་ལ། །

ངེས་ཤེས་ཐུགས་ཐག་ཆོད་ལགས་སམ། །

འདོད་ལྷ་ཡུལ་གྱི་བསླུ་ཁྲིད་ལ། །

ཞེན་པ་གཏིང་ནས་ལོག་ལགས་སམ། །

འདུས་ཚད་ངེས་པར་འབྲལ་བ་ལ། །

ཡིད་ཆེས་བརྟན་པ་ཐོབ་ལགས་སམ། །

དམ་པའི་རྗེ་དང་མཇལ་ན་ཡང་། །

སྒྲོ་འདོགས་མ་ཆོད་ང་རེ་འགྱོད།།
དམ་ཆོས་ལེགས་གསུང་ཐོས་ན་ཡང་།།
ཉམས་སུ་མ་ལེན་ང་རེ་འགྱོད།།
དལ་འབྱོར་མི་ལུས་ཐོབ་ན་ཡང་།།
སྙིང་པོ་མ་ལོན་ང་རེ་འགྱོད།།
མི་རྟག་འཆི་བ་ཤེས་ན་ཡང་།།
འཆི་ཆོས་མ་འགྲུབ་ང་རེ་འགྱོད།།
རྒྱུ་འབྲས་རྣམ་གྲངས་ཐོས་ན་ཡང་།།
སྤང་བླང་མ་ནུས་ང་རེ་འགྱོད།།
འཁོར་བའི་སྡུག་བསྔལ་གསུངས་ན་ཡང་།།
སྐྱོ་ཤས་མ་སྐྱེས་ང་རེ་འགྱོད།།
ད་ནི་འཆི་བ་གློ་བུར་སླེབ།།
འཆི་བདག་ཁྲོ་གཉེར་མུན་ལྟར་གནག།
སྡང་མིག་གཡོ་ཆེ་ང་རེ་འཇིགས།།
འཇིགས་རུང་མུན་པས་མདུན་ནས་བསུ།།
རང་ལམ་མི་མཐོང་ང་རེ་འཇིགས།།
ལས་ཀྱི་རླུང་དམར་རྒྱབ་ནས་དེད།།
རང་དབང་མི་ཐོབ་ང་རེ་འཇིགས།།
སོད་སོད་རྒྱབ་རྒྱབ་འབྲུག་ལྟར་སྒྲོགས།།

འཁྲུལ་སྣང་ཤར་ཚེ་ང་རེ་འཇིགས།།

གཤིན་རྗེའི་ལས་མཁན་ཨམ་གཅིགས་བསྡམས།།

དྲག་ཤུལ་བྱེད་ཚེ་ང་རེ་འཇིགས།།

འཆི་བདག་ཞགས་པ་སྐེ་ལ་ཐེབས།།

དབང་མེད་ཁྲིད་ཚེ་ང་རེ་འཇིགས།།

ཕྱི་མའི་ཡུལ་དུ་སྐྱུས་ཆེན་འདེགས།།

གྲོགས་མེད་གཅིག་པུ་ང་རེ་འཇིགས།།

རྒྱུས་མེད་ཡུལ་དུ་མི་སློག་འཁྱམས།།

གར་འགྲོ་མི་ཤེས་ང་རེ་འཇིགས།།

རིགས་དྲུག་འཁྲུལ་སྣང་སྐར་ལྟར་བཀྲ།།

སྐྱབས་མེད་མགོན་མེད་ང་རེ་འཇིགས།།

ཆོས་ལ་བྱེད་བློ་ཡོད་ན་ཡང་།།

འཕྲལ་དུ་མ་འགྲུབ་ང་དང་འདྲ།།

སྙིང་ནས་བརྩེ་བའི་སྤྲང་ཆུང་ཁྱེད།།

དོན་འདི་དགོངས་ལ་ལྷ་ཆོས་རེམ།།

མ་འགྱངས་དམ་པའི་ཆོས་ལ་ཞེབས།།

མ་གཡེངས་སྐྱབས་ལ་བློ་ཐག་ཆོད།།

མ་བཏོལ་སྙིང་རུས་བློ་སྟ་ཟུངས།།

མ་འགྱངས་ལ་ཅུར་བརྩོན་པ་སྐྱེད།།

གལ་ལ་ཐུག་ཀྱང་ཆོས་མ་འདོར། །
སྲོག་ལ་བབས་ཀྱང་དམ་བཅའ་བཟུངས། །
འདི་སྣང་ཁ་ཏ་བདུད་ཀྱི་ཚིག །
ཐུགས་ལ་མ་བཞག་ཁྲེལ་གྱིས་ཐོབ། །
རྣམ་གཡེང་ལེ་ལོ་བསླུ་བའི་རྒྱུ། །
དེ་ལ་མ་ཞེན་དུག་ལྟར་སྤྲོངས། །
ཚེ་དང་སྒྲུབ་པ་མཉམ་པ་ཞིག །
མི་ཚེ་ཆོས་ལ་འབྲེལ་བ་ཞིག །
དམ་ཆོས་མཐའ་རུ་ཕྱིན་པ་ཞིག །
ཁྲིད་ཀྱང་བཙན་ས་ཟིན་པ་ཞིག །
ང་ཡང་ཐར་ལམ་ཐོབ་པ་ཞིག །
མཐར་ཐུག་བདེ་ཆེན་ཞིང་ཁམས་སུ། །
ཤི་གསོན་དངོས་མཇལ་འོང་བ་ཞིག །
ཨེ་མཛད་མི་མཛད་ཁྲིད་རང་ཤེས། །
རེ་བ་ཕྱི་མའི་ཡུལ་ནས་བྱེད། །
ཤི་མིག་དུར་ཁྲོད་ནང་ནས་བལྟ། །
ཁ་ཆེམས་ཚིག་གསུམ་དེ་ལས་མེད། །
དོན་དེ་སྙིང་གྲོགས་ཐུགས་ལ་ཆོངས། །
ད་ནི་བཙན་པོའི་རྫོང་ལ་ཐོན། །

ང་རང་ཤེ་ཡུལ་འགྲོ་ན་ཡང་། །
རྗེས་ལ་ཁྲེད་ཡོད་སེམས་ལ་ཕན། །
ལྷ་ཆོས་འགྲུབ་ན་གཉིས་ཀར་ཕན། །
སྐྱིན་ཐང་སེར་བ་མ་སླེབ་གོང་། །
ལ་ཕུར་གབ་ས་བཙལ་ན་དགའ། །
སྐུ་ཁམས་བདེ་བའི་སྨོན་ལམ་འདེབས། །
ཡུན་དུ་བཞུགས་པའི་སྨོན་ལམ་འདེབས། །
ལྷ་ཆོས་འགྲུབ་པའི་སྨོན་ལམ་འདེབས། །
ཐུགས་བཞེད་མཐར་ཕྱིན་སྨོན་ལམ་འདེབས། །
ད་ཉི་སྐུ་ཁམས་ཅི་བདེར་བཞུགས། །

ཟེར་ནས་དབྱུགས་འཐུམ་འཐུམ་འདུག་གོ། དེར་འདབ་ཡངས་ཀུང་སྙིང་ལ་སྡུག་བསྔལ་གྱི་ཚེར་མ་དབལ་ཚ་བ་གློ་བུར་དུ་སླེབ་ཅིང་སྒྱུ་ངན་གྱིས་གདུངས་ནས་གཏམ་ལན་གཞལ་མ་ནུས་པས་ཨ་ཁ་ཁ་ཟེར་ཞིང་འདུག་པ་ན། རླུང་དམར་གྱི་གསེབ་ནས་སེར་བ་ཐ་ར་ར་འབབ་ཅིང་། སྟེང་གི་ནམ་མཁའ་ནས་འབྲུག་སྒྲ་དྲག་པོ་ཁུ་རུ་རུ་སྒྲོག་སྟེ། གློག་དམར་གྱི་ཞགས་པ་བར་སྣང་ལ་ཚུབ་ཚུབ་འཁྱུགས་ཤིང་ཁྱུང་བས། འདབ་ཡངས་ཀུང་ཅི་བྱ་གཏོལ་མེད་པར་གྱུར་ནས་གད་ཁྲུང་ཞིག་ཏུ་འཛུལ་ཏེ་ཀྱི་ཧུད་ཀྱི་ཧུད་ཅེས་སྨྲ་ཞིང་འདུག་གོ། དེ་ནས་སེར་བ་དྲག་

ཏུ་བབས་ཏེ་སྦྲ་འོད་དང་ཟབ་རྒོད་ཀྱིས་རི་ལུང་ཁེངས་ཤིང་། གནམ་ལྷུགས་ཀྱི་ཚག་སྲུས་གནམ་ས་འགེངས་པ་ལྟར་བྱེད། ཆུ་སླུང་ཐམས་ཅད་ཟ་རླབས་འཕྱོ་ཞིང་གནམ་དུ་འཕྱུར་བ་སྐམ་བྱེད། རི་ཐམས་ཅད་ནི་གྲོག་པོར་བཏང་། ཐང་ཐམས་ཅད་ནི་གྲམ་པར་བརྡལ། མཚོ་ཐམས་ཅད་ནི་ཁྲག་ཏུ་ཁོལ། རྩྭ་ལྗུམ་དང་མེ་ཏོག་ཐམས་ཅད་ཀྱང་ཆེ་བ་རྣམས་བསྐྱིལ། ཆུང་བ་རྣམས་བརྡལ། རིང་བ་རྣམས་བཅག ཐུང་བ་རྣམས་མནན། ཕྲ་མོ་རྣམས་རྗེས་ཤུལ་ཙམ་ཡང་མེད་པར་བྱས་ནས་འདུག་གོ། དེའི་རྗེས་སུ་སྤྲིན་ནག་རྣམས་དྭངས་ནས་ཉི་མ་གསལ་པོ་ཞིག་ཤར་བྱུང་བས་འདབ་ཡངས་ལངས་ཏེ་པདྨའི་ཚལ་དུ་ཕྱིན་པས། ཐང་དང་འདམ་ལ་སྐྱེས་པའི་མེ་ཏོག་ཐམས་ཅད་ནི་ཆེ་བ་རྣམས་ཐང་མར་བརྡལ་ནས་བསྐྱིལ་འདུག ཆུང་བ་རྣམས་ནི་ཤུལ་རྗེས་ཙམ་ཡང་མི་མངོན་པར་སོང་འདུག ཆུ་ན་གནས་པའི་པདྨ་ཐམས་ཅད་ནི་སེར་བ་འབབ་པའི་ཚེ་ཆུ་གཏིང་དུ་བྱིངས་ནས། སྐར་སེར་བ་དྭངས་ཚེ་ཆུ་ཁར་གཡེངས་ཤིང་འདབ་མ་ཡང་ཁ་བྱེ་སྟེ་འདུག་པ་ལ་བུང་བ་འགའ་ཞིག་འཕུར་ལྡིང་གིས་རྩེ་ཞིང་ཉམས་དགའ་དགའ་ལྟར་འདུག ངག་སྙན་གནས་པའི་མེ་ཏོག་ཀྱང་སེར་བས་མ་བཅོམ་པར་འདུག་རུང་མེ་ཏོག་ཆུ་གཏིང་དུ་བྱིངས་པས་ངག་སྙན་སྦུབས་སུ་འཁྲུམས་ནས་ཤི་སྟེ་རོ་ཡང་གྲུམ་གྲུམ་པོར་བྱས་ནས་གོ་སར་ལ་འབྱར་འདུག དེར་འདབ་ཡངས་ཤིན་ཏུ་སྡུ་ངན་གྱིས་ནོན་ནས་སྙིང་ཁར་འཚངས་ཤིང་མིག་མཆི་

མས་གང་ནས་འདུག་སྟེ། ཀྱི་འོད་གསལ་བ་དང་པད་འདབ་ཆེ་བ། ཐུང་བ་གཞན་གྱི་རྗེ་དགའི་རྣམ་འགྱུར་སོགས་སྔར་སེམས་ལ་དགའ་བ་བསྐྱེད་པ་ཐམས་ཅད་ཀུང་སྡུག་བསྔལ་གྱིས་ནོན་པར་གྱུར་ནས་ཤིན་ཏུ་ཉམ་ཐག་པའི་སྐད་ཀྱིས་གླུ་སྔགས་འདོན་པ།

ཀྱི་ཧུད་ཀྱི་ཧུད་ཀྱི་ཧུད།།
རེ་སྡུག་རེ་སྡུག་རེ་སྡུག །
སྡུག་བསྔལ་འཁོར་བའི་གནས་ཚུལ།།
སྡུག་བསྔལ་འདི་ལ་སྐྱོས་དང་།།
མི་རྟག་སྒྱུ་མའི་གྲོང་ཁྱེར།།
ཞིག་ཧྲུལ་འདི་ལ་སྐྱོས་དང་།།
མི་རྟག་འཁྲུལ་པའི་གནས་ཁང་།།
འགྱེལ་ཚུལ་འདི་ལ་སྐྱོས་དང་།།
མི་བདེན་བསླུ་བའི་འདོད་ཡོན།།
འགྱུར་ཚུལ་འདི་ལ་སྐྱོས་དང་།།
སྔར་ཞིག་བཀོད་པའི་མེ་ཏོག །
ད་ལྟ་འདབ་བརྒྱ་ཉམས་འདུག །
སྔར་ཞིག་སྐྱེས་པའི་ལོ་མ།།
ད་ལྟ་གཅལ་དུ་བཀྲམ་འདུག །

ད་ནངས་བདེ་སྐྱིད་ཡུལ་སྤོངས།།
ད་ལྟ་སྡུག་བསྔལ་འཇོམས་འདུག།
སྔོན་ཆད་འགྲོགས་པའི་གྲོགས་བཟང་།།
ད་ལྟ་ལུས་སེམས་བྲལ་འདུག།
སྔོན་ཆད་བག་ཡེབས་འདབ་ཡངས།།
ད་རེས་རེ་ཐག་ཆད་འདུག།
སྔོན་ཆད་ཉམས་དགའ་འདོད་ཡོན།།
ད་ལྟ་སྡུག་བསྔལ་གྱུར་འདུག།
ད་ནངས་མཛེས་པའི་ཕང་དྲུག།
ད་ལྟ་རོ་རུ་གྱུར་འདུག།
སྣང་ཚུལ་འདི་ལ་བསམས་པས།།
སྐྱོ་སྐྱོ་སེམས་པ་སྐྱོ་འོ།།
རྨོངས་རྨོངས་བློ་སེམས་རྨོངས་སོ།།
འཁྲུག་འཁྲུག་སེམས་པ་འཁྲུག་གོ།
འདར་འདར་ལུས་སེམས་འདར་རོ།།
ཀློ་བུར་འཆི་བདག་བདུད་པོས།།
སྔོན་མ་ཁོང་ལ་སླེབས་སོང་།།
ཞེད་ལ་ནམ་ཅམ་སླེབ་འོང་།།
མཁྱེན་ནོ་བླ་མ་མཁྱེན་ནོ།།

སྡུག་གོ་འདབ་ཡངས་སྡུག་གོ །
གློ་སྣ་ཚོས་ལ་འགྱུར་བར། །
གླ་མས་བྱིན་གྱིས་རློབས་ཤིག །

ཅེས་སོགས་སྙེ་ཐུགས་ཏུ་མ་འདོན་ཅིང་ཡིད་ལྷག་པར་སྐྱོ་ནས་དེར་སྡོད་མ་ཚུགས་པས་རྗེ་མཐོ་པད་མའི་རི་བོའི་ངོས་སུ་ཕྱིན་ཏེ། བྲམ་ཟེའི་ཁྱེའུ་པདྨ་དགྱེས་པའི་གནས་དང་ཉེ་བ་གཡུ་ཐུག་ཟིལ་བ་མཐའ་ཡས་པའི་ལོ་མའི་དྲུང་ནས་འཕུར་ལྡིང་བྱེད་ཅིང་སྐྱོ་ཤས་ཀྱི་སྨྲ་གླངས་པ།

ཀྱེ་མ་ཉམས་དགའ་མེ་ཏོག་གི་སྐྱེད་ཚལ། །
ཉམས་ལ་མི་དགའ་སྡུག་བསྔལ་གྱི་གྲོང་ཁྱེར། །
ཡིད་འོང་འདོད་ཡོན་ཡུལ་ལྔ་ཡི་ལོངས་སྤྱོད། །
ཡིད་དུ་མི་འོང་འདུ་བྱེད་ཀྱི་སྡུག་བསྔལ། །
སྙིང་སྡུག་ཡིད་འཕྲོག་ཆེ་གང་གི་གཏན་གྲོགས། །
སྙིང་ལ་མི་སྡུག་རོ་རུལ་དུ་གྱུར་འདུག །
མཁྱེན་ནོ་མཁྱེན་ནོ་དཀོན་མཆོག་གསུམ་མཁྱེན་ནོ། །
དྲན་ནོ་དྲན་ནོ་ལྷ་ཆོས་རང་དྲན་ནོ། །
ལ་ཁུར་ལ་ཁུར་ཆོས་ལམ་ལ་ཞུགས་འགྲོ། །
བརྩེགས་ཚད་འགྲེལ་ན་གནས་ཁང་གིས་ཅི་བྱེད། །

བསགས་ཚད་འཛད་ན་ནོར་རྫས་ཀྱིས་ཅི་བྱེད།།
འདུས་ཚད་འབྲལ་ན་གཉེན་འདུན་གྱིས་ཅི་བྱེད།།
མཐོ་ཚད་ལྷུང་ན་ཐོབ་ཐང་གིས་ཅི་བྱེད།།
སྐྱེས་ཚད་འཆི་ན་འདི་སྣང་གིས་ཅི་བྱེད།།
ལས་ཀྱིས་འབྲེལ་བའི་བརྩེ་གདུང་གི་བླ་གྲོགས།།
བར་དོའི་ཡུལ་ན་ད་ལྟ་ཙམ་སླེབ་ཡོད།།
ཤི་ན་རེ་ས་ལྷ་ཆོས་ལས་མི་འདུག །
ཕན་པའི་ལྷ་ཆོས་རང་ཞུས་ཤིག་མེད་ན།།
འཁོར་ཀུང་ནོར་གྱིས་ཏོ་རྒྱུ་ནི་མི་འདུག །
མང་ཡང་དཔུང་གིས་འཕྲོག་རྒྱུ་ནི་མི་འདུག །
མཐུན་ཡང་གྲོགས་ལ་བསླུ་རྒྱུ་ནི་མི་འདུག །
ལས་དཀར་རྫོངས་ལ་བསྐུར་རྒྱུ་ནི་མི་འདུག །
གཤིན་རྗེའི་ཁྲིམས་ལ་ཕྱི་བཞག་ནི་མི་འོང་།།
མ་བསྒྲུབས་བཞག་པའི་ཐོས་པ་དེས་མི་ཕན།།
མ་སྒོམས་བཞག་པའི་ས་ཞིང་དེས་མི་ཕན།།
མ་ཞོན་བཞག་པའི་རྟ་ཕོ་དེས་མི་ཕན།།
ད་ནི་ཅིས་ཀྱང་དགོས་མེད་ཅིག་དྲན་པས།།
མི་ཚེའི་ལྷག་མ་ལྷ་ཆོས་ལ་དྲིལ་གཏོང་།།
དགྲ་ཡང་མི་བསམ་འདུལ་ཐབས་ནི་མི་བྱེད།།

གཉེན་ཡང་མི་བསམ་སྐྱོང་བྲན་ཉི་མི་གྲུབ། །

ནོར་ཡང་མི་བསམ་གསོག་འཛོག་ཉི་མི་ཁོམ། །

དཔོན་ཡང་མི་བསམ་ཇོ་སྲུང་ཉི་མི་འཛེམ། །

གྲོགས་ཀྱང་མི་བསམ་བརྩེ་གདུང་ཉི་མི་སོས། །

གོས་ཀྱང་མི་བསམ་ཀྲོ་འཇམ་ཉི་མི་འགྱུར། །

ཟས་ཀྱང་མི་བསམ་ཞིམ་མངར་ཉི་མི་རྙེད། །

གནས་ཀྱང་མི་བསམ་མཁར་ཁང་ཉི་མི་འཛིན། །

ཚེ་འདི་མི་བསམ་འདི་སྣང་འདི་བདུད་རེད། །

ཕྱིར་ཡང་མི་བསམ་འཁྲུལ་སྣང་འདི་དགྲ་རེད། །

རྟོགས་མེད་ངང་ལ་བག་ཡངས་སུ་གནས་ཤིང་། །

བསམ་མེད་ངང་དུ་མཉམ་གཞག་རང་སྐྱོད་དེ། །

སྒོམ་མེད་ངང་ནས་ཆོས་སྐུ་དང་མཇལ་བའི། །

རི་སུལ་ཉལ་བའི་རྟོགས་ལྡན་དེ་སྐྱིད་དོ། །

འཁྲུལ་སྣང་ཞིག་པས་རྣམ་རྟོག་ཉི་མི་མང་། །

གྲང་ བླང་ཞིག་པས་བཙོས་མ་ཉི་མི་བྱེད། །

རེ་དོགས་ཞིག་པས་ཞེ་འདོད་དང་བྲལ་བའི། །

འཁྲུལ་པ་ཞིག་པའི་ཞིག་པོ་དེ་སྐྱིད་དོ། །

སེམས་ཉིད་མ་བཅོས་ཐ་མལ་གྱི་ཤེས་པ། །

རལ་པ་མ་བཅོས་ལྷུང་ལོ་ཡི་ཟར་བུ། །

སྤྱོད་ལམ་མ་བཅོས་གཏད་མེད་དུ་ཁྱུང་རྒྱལ། །
བཅོས་མ་སྤངས་པའི་རྣལ་འབྱོར་དེ་སྐྱིད་དོ། །
གཏུམ་མོ་སྦར་བས་གཅེར་བུ་རུ་བག་ཡངས། །
ཏིང་འཛིན་འབྱོངས་པས་ཟས་མེད་དུ་ཉམས་དགའ། །
རང་རིག་རྟོགས་པས་གཅེར་བུ་རུ་སྤྲོད་ཆགས། །
ལམ་རྟགས་འབྱོངས་པའི་གྲུབ་ཐོབ་དེ་སྐྱིད་དོ། །
སྙིང་རུས་ཆེ་བས་དཀའ་ཐུབ་ལ་སེམས་སྤྲོ། །
དམ་བཅའ་ཐུབ་པས་གཅིག་པུ་རུ་སྡོད་ཚུགས། །
ཚྭ་དང་རྩེ་ཏུའི་བཟའ་བཏུང་གིས་འཚོ་བའི། །
བརྟུལ་ཞུགས་གྲུབ་པའི་དྲང་སྲོང་དེ་སྐྱིད་དོ། །
གང་ཡང་སྐྱིད་དོ་ཆོས་བཞིན་དུ་སྤྱོད་ཚད། །
སུ་ཡང་སྡུག་གོ་ཆེ་འདི་ལ་ཞེན་ཚད། །
ནམ་ཡང་སྐྱིད་དོ་དབེན་པ་ཡི་རི་ངོགས། །
ཅིས་ཀྱང་སྡུག་གོ་འཁོར་བ་ཡི་གྲོང་ཁྱེར། །
གཏན་དུ་འཆེང་ངོ་དཀོན་མཆོག་ལ་བསྙེན་ཚད། །
ནམ་ཡང་ཕུང་ངོ་ཁེ་གྲགས་ལ་རེ་ཚད། །
གོང་གི་དཔོན་ལ་འཇལ་འཇལ་ནི་འཇལ་ཡོད། །
འཇལ་ཆོད་མི་འདུག་གང་དགའ་རུ་བསྒྱུར་ཐོངས། །
འོག་གི་གཡོག་ལ་ཁྲིན་ཁྲིན་ནི་ཁྲིན་ཡོད། །

སྨིན་ཆོད་མི་འདུག་གང་དགའ་རུ་བསྒྱུར་ཐོངས།།

བར་གྱི་གཉེན་ལ་བསྐྱང་བསྐྱང་ནི་བསྐྱང་ཡོད།།

བསྐྱང་ཆོད་མི་འདུག་གང་དགའ་རུ་བསྒྱུར་ཐོངས།།

སྡང་བའི་དགྲ་ལ་འཐབ་འཐབ་ནི་འཐབ་ཡོད།།

འཐབ་ཆོད་མི་འདུག་གང་དགའ་རུ་བསྒྱུར་ཐོངས།།

རྒྱས་པའི་ཞིང་ལ་བཏབ་བཏབ་ནི་བཏབ་ཡོད།།

འདེབས་ཆོད་མི་འདུག་ཐ་རྙོད་དུ་བསྒྱུར་ཐོངས།།

བརྩེགས་པའི་མཁར་དུ་བསྡད་བསྡད་ནི་བསྡད་ཡོད།།

འདུག་ཆོད་མི་འདུག་དབེན་རི་ལ་ཆས་འགྲོ།།

བཟའ་བའི་ཟས་ལ་ཟོས་ཟོས་ནི་ཟས་ཡོད།།

ཟ་ཆོད་མི་འདུག་དཀའ་ཐུབ་ལ་བསྙེན་འགྲོ།།

བགོ་བའི་གོས་ལ་གྱོན་གྱོན་ནི་གྱོན་ཡོད།།

གྱོན་ཆོད་མི་འདུག་གཅེར་བུ་རུ་འཕྱོངས་འགྲོ།།

ད་ཕྱེད་ད་ཕྱེད་ལྷ་ཆོས་རང་ཕྱེད་དོ།།

ད་སྒྲུབ་ད་སྒྲུབ་འཆི་ཆོས་ཞིག་སྒྲུབ་བོ།།

དམ་བཅའ་ཡིན་ནོ་ལྷ་རྣམས་ཀྱིས་དགོངས་མཛོད།།

ཁས་ལེན་ཡིན་ནོ་རང་སེམས་འདི་དཔང་ངོ་།།

ཞེས་ཟེར་བར་པདྨ་དགྱེས་པའི་བསམ་པ་ལ། གསེར་སྡོང་འདབ་

ཡངས་འདི་སྔོན་ནས་ཆོས་ལ་དཀར་ཞིང་བྱ་བ་གང་ཡང་རྩུགས་ཐུབ་ཅིང་གཞུང་བཟང་བ་ཞིག་ཡིན་མོད་ཀྱི། ད་རེས་རྐྱེན་གྱིས་བསྒྱུར་བའི་ངེས་འབྱུང་བློ་བུར་བ་ལ་ནམ་ཕྱུགས་རང་མེད་ལས་ཆེ་ཡང་བརྟག་དཔྱད་ཅིག་བྱེད་དགོས་སྙམ་ནས་འདི་སྐད་དོ།

ཀྱེ་ལགས་གསེར་སྤྲང་འདབ་ཡངས་སྙིང་གི་གྲོགས། །
གཅིག་པུར་སྐྱོ་སྣུ་ལེན་པ་ཇི་ལྟར་ལགས། །
ད་རེས་ལས་ཀྱིས་བསྐོས་པའི་གཏན་གྲོགས་ལ། །
བློ་བུར་འཆི་བདག་ཞགས་པས་བཏབ་ན་ཡང་། །
ཐུགས་ངལ་མ་མཛད་སྙིང་ལ་རྟུས་པ་བསྐྱེད། །
ལྷ་ཆོས་གཞི་མ་མི་ཆོས་ཕུན་སུམ་ཚོགས། །
མི་ཆོས་ཟེར་བ་འཁོར་བའི་བདེ་སྐྱིད་ཡིན། །
བདེ་སྐྱིད་མི་འདོད་ཆོས་ཀྱིས་ཅི་ཞིག་བྱ། །
ཆོས་ལྟར་ལེན་ལ་བདེ་སྐྱིད་འདོད་པ་ཡིན། །
གྲོགས་གཅིག་ཤི་ཡང་གྲོགས་ཀྱིས་ག་ལ་ཟོངས། །
ཤི་བས་ཐབས་ཆགས་འཁོར་བའི་དཔེ་ལ་མེད། །
སྐྱིད་སྡུག་རེས་མོས་འཁོར་བའི་གནས་ཚུལ་ཡིན། །
སྐྱིད་དམ་སྙམ་པ་ད་དུང་བརྒྱ་རེ་འོང་། །
བློ་བུར་ངེས་འབྱུང་རྣ་ཟའི་ཆོ་འཕྲུལ་ཡིན། །

དེ་ལ་སྙིང་པོ་མེད་པ་མ་དགོངས་སམ། །

འཕྲུལ་སྣང་དད་པ་བློ་ཡི་འགྱུར་བག་ཡིན། །

དེ་ལ་ནམ་ཞུགས་མེད་པ་མ་དགོངས་སམ། །

ཐོ་ཅའི་གཏོང་ཕོད་ཨ་ལ་ཏ་སྲུད་ཡིན། །

དེ་ལ་འབྲས་བུ་མེད་པ་མ་དགོངས་སམ། །

རྐྱེན་ངན་བློ་རྩེག་འཕྲུལ་སྣང་སྐད་ཅིག་ཡིན། །

དེ་ལ་ཞུང་འཚེངས་མེད་པ་མ་དགོངས་སམ། །

ལུགས་གཉིས་ཟུང་འབྲེལ་མཁས་པའི་བསླབ་བྱ་ཡིན། །

དེ་ལ་ཐར་ལམ་ཡོད་པ་མ་དགོངས་སམ། །

འདོད་ཡོན་ལམ་ཁྱེར་གསང་སྔགས་ཐབས་མཁས་ཡིན། །

དེ་ལ་ཉེ་ལམ་ཡོད་པ་མ་དགོངས་སམ། །

རྒྱལ་པོའི་ས་འཛིན་རྒྱལ་སྲས་སྤྱོད་པ་ཡིན། །

དེ་ལ་འགྲོ་དོན་ཡོད་པ་མ་དགོངས་སམ། །

ནོར་རྫས་བསགས་པ་ཅན་ལ་སྦྱིན་གཏོང་ཡོད། །

དེ་ལ་ཕྱིན་དྲུག་ཚང་བ་མ་དགོངས་སམ། །

ཞེ་གཅད་མེད་པའི་དམ་བཅའ་མང་བ་དེ། །

མཐར་ཐུག་འགལ་བ་མང་བའི་རྒྱུར་ཤེས་དགོས། །

སྙིང་རུས་མེད་པའི་དཀའ་ཐུབ་བྱེད་པ་དེ། །

མཐར་ཐུག་ལོག་ལྟ་སྐྱེ་བའི་རྒྱུ་ཡིན་གཟབ། །

ནམ་ཕྱུགས་མེད་པའི་ཞེན་ལོག་ངེས་འབྱུང་དེ། །

མཐར་ཐུག་རང་རྒྱུས་ཟོར་བའི་རྒྱུ་ཡིན་གཟབ། །

ཉིང་འཛིན་མ་སྐྱེས་དབེན་རི་འཛིན་པ་དེ། །

མཐར་ཐུག་སྨུན་པ་སྐྱེ་བའི་རྒྱུ་ཡིན་གཟབ། །

ལྟ་བ་མ་རྟོགས་གཉན་ས་འགྲིམ་པ་དེ། །

མཐར་ཐུག་ལྷ་འདྲེས་བརླམས་པའི་རྒྱུ་ཡིན་གཟབ། །

གྲུབ་པ་མ་ཐོབ་བརྟུལ་ཞུགས་སྤྱོད་པ་དེ། །

མཐར་ཐུག་དམྱལ་བར་སྐྱེ་བའི་རྒྱུ་ཡིན་གཟབ། །

རང་རྒྱུད་མ་འགྱུར་ཆ་ལུགས་བསྒྱུར་བ་དེ། །

མཐར་ཐུག་གཞན་གྱིས་ཁྲེལ་བའི་རྒྱུ་ཡིན་གཟབ། །

བརྟག་དཔྱད་མ་བཏང་ཅབ་ཅོབ་གླེ་མང་དེ། །

མཐར་ཐུག་འགྱོད་པ་སྐྱེ་བའི་རྒྱུ་ཡིན་གཟབ། །

གཅིག་ཏུ་མ་ངེས་བྱ་སྤྱོད་གྲངས་མང་དེ། །

མཐར་ཐུག་ཐམས་ཅད་སྨུན་པའི་རྒྱུ་ཡིན་གཟབ། །

མཐོང་ལམ་མ་ཐོབ་མངོན་ཤེས་འཆད་པ་དེ། །

མཐར་ཐུག་རང་གཞན་ཕུང་བའི་རྒྱུ་ཡིན་གཟབ། །

སྙིང་རྗེ་མ་འབྱོངས་འགྲོ་དོན་བྱེད་པ་དེ། །

མཐར་ཐུག་ཞེན་པ་སྐྱེ་བའི་རྒྱུ་ཡིན་གཟབ། །

སྐབས་གཟབ་རྟོག་དཔྱོད་ཞིབ་ཏུ་མ་བཏང་བར། །

སེམས་ལ་དྲན་ཚད་ཁ་རུ་འདོན་མི་རུང་།།

ཁ་ཡིས་སྨྲས་ཚད་ལག་ཏུ་ལེན་མི་རུང་།།

འཇུས་ནས་མ་ཤོར་བ་ཞིག་གནད་དུ་ཆེ།།

བཟུང་ནས་མ་བཏང་བ་ཞིག་གནད་དུ་ཆེ།།

བཀོད་ནས་མ་བརྫུན་པ་ཞིག་གནད་དུ་ཆེ།།

གསེར་སྒྲང་ཐིག་ལེའི་ཐུགས་ལ་དེ་ལྟར་ཞོག།

བག་ཡངས་པད་མ་དགྱེས་པའི་སྙིང་གཏམ་ཡིན།།

རང་བློ་ཉམས་སྨྱོང་ཡིན་གྱི་ཐུགས་མ་ཁྲེལ།།

བརྩེ་བའི་གསང་གཏམ་ཡིན་གྱི་བཀའ་མ་བསྐྱོན།།

ཐུགས་བཞག་བརྟག་དཔྱད་མཛོད་དང་བདེན་གཏམ་ཡིན།།

ཟེར་བས་གསེར་སྒྲང་གི་ཡིད་ལ་ཅུང་ཟད་མ་འཐད་ནས་འདི་སྐད་དུ།

ཨེ་མ་དབེན་པའི་ནགས་ཚལ་ན།།

ཁྲམ་ཟེའི་ཁྱེའུ་སྨོད་རེ་ཆགས།།

པད་མ་དགྱེས་པ་ཉམས་རེ་དགའ།།

གཅིག་པུར་ལུས་པའི་སྒྲང་ཆུང་ལ།།

སྐྱོ་གྲོགས་བྱེད་པ་འདྲིས་གཞུང་བཟང་།།

སྐྱོ་སྐྱུ་ལེན་པའི་འདབ་ཡངས་ལ། །
གསང་གཏམ་འཆད་པ་ཕྱི་ཐག་རིང་། །
སྙུ་ངན་གདུང་བའི་གསེར་སྒྲུང་ལ། །
སེམས་གསོ་བྱེད་པ་སྐྱུ་རྡིན་ཆེ། །
ལུགས་གཉིས་མཐུན་པའི་གསུང་སྒྲོས་ལ། །
དོན་བཟང་ཡོད་པ་ངོ་མཚར་ཆེ། །
སྡུག་བསྔལ་འཁོར་བའི་གནས་ཚུལ་ལ། །
སྐྱོ་བ་སྐྱེས་པའི་སྒྲུང་ཆུང་ང་། །
ཕྱོན་ནས་དམ་པའི་དྲུང་དུ་བསྡད། །
བློ་སྙེ་དམ་པའི་ཆོས་ལ་གཏད། །
སྒྲུབ་པའི་དམ་བཅའ་སྙིང་ལ་བྲིས། །
གློ་བུར་རྣམ་འགྱུར་ཡིན་རེ་ཤེ། །
དབེན་པའི་ནགས་ཚལ་སྙིང་ལ་བཅངས། །
གོང་མའི་རྣམ་ཐར་ཡིད་ལ་བཞག །
བྲིས་པའི་བསམ་ཚོད་བྱས་རེ་ཤེ། །
བློ་སྙེ་དཀོན་མཆོག་གསུམ་ལ་གཏད། །
དྲིན་ཆེན་བླ་མ་གཙུག་ཏུ་ཁུར། །
གཏད་ས་ནོར་བ་ཡོད་རེ་ཤེ། །
སྡང་བའི་དགྲ་ལ་ཁོག་ཡངས་བྱས། །

བྱམས་པའི་གཉེན་ལ་ཕྱི་གཞུང་བཟུང་།།

སྡུག་འཐབ་ཁོང་ཁྲོ་བྱེད་རེ་ཡེ།

མཆོད་པ་དཀོན་མཆོག་གསུམ་ལ་འབུལ།།

སྦྱིན་པ་མ་རུས་པ་ལ་བཏང་།།

འབྲས་མེད་སྦྱིན་གཏོང་བྱེད་རེ་ཡེ།

རང་གི་ཡོན་ཏན་སྦྲུབས་སུ་བསྐྱིལ།།

གཞན་གྱི་ཡོན་ཏན་དར་བཞིན་འཕྱར།།

ཐོ་ཅོ་ང་རྒྱལ་བྱེད་རེ་ཡེ།

ཚེ་གང་བསྐོས་པའི་གཏན་གྲོགས་ལ།།

འཆི་བདག་ཞགས་པས་གློ་བུར་ཐེབས།།

ད་རེས་མི་རྟག་མངོན་སུམ་མཐོང་།།

སྐྱོ་ཤས་ངེས་འབྱུང་གཏིང་ནས་སྐྱེས།།

གཏམ་ལ་ཟོལ་ཟོག་ཡོད་རེ་ཡེ།

དམ་བཅའ་སྙིང་གི་དབུས་སུ་བྲིས།།

ལག་ལེན་བརྩོན་འགྲུས་ལྷུག་གིས་འདེབས།།

ཚིག་ལ་བརྫུན་པ་ཡོད་རེ་ཡེ།

ཡིད་མཐུན་པད་མ་དགྱེས་པ་ཁྱོད།།

བླ་མ་སངས་རྒྱས་དངོས་དང་མཇལ།།

ཟབ་དགུའི་གདམས་ངག་མངའ་ལགས་སམ།།

ཐོས་བསམ་ཕྱོགས་མེད་གཞུང་ལ་བྱས།།
ཚིག་གི་སྒྲོ་འདོགས་ཆོད་ལགས་སམ།།
ཉམས་ལེན་དབེན་པའི་གནས་སུ་བསྐྱངས།།
བཅོས་མིན་རྟོགས་པ་སྐྱེ་ལགས་སམ།།
སྐྱིད་གླུ་བྲག་རིའི་དྲུང་ནས་བླངས།།
ཉམས་སྣང་རྩལ་ཁ་འབར་ལགས་སམ།།
སྤྱོད་པ་བག་ཡངས་བྱུང་རྒྱལ་བྱས།།
རོ་སྙོམས་ལམ་དུ་ཡོངས་ལགས་སམ།།
ལྟད་མོ་འཁོར་བའི་གྲོང་ལ་བལྟས།།
སྐྱོ་ཤས་གཉིང་ནས་སྐྱེས་ལགས་སམ།།
ཆོས་དང་མཐུན་པའི་གཏམ་སྒྲོས་ཤིག།
ལམ་དང་མཐུན་པའི་གླུ་ཞིག་ཡོངས།།
མི་རྟག་སྟོན་པའི་དཔེ་ཞིག་ཤོད།།
འཁོར་བའི་གྲོང་ཁྱེར་སྐྱ་ཡབ་མཛོད།།
ཐར་བའི་ལམ་གྱི་ཡོན་ཏན་ཤོད།།
དབེན་པའི་རི་ལ་བསྡུགས་བཟོད་གྱིས།།
གསེར་གྱི་སྤྲང་ཆུང་འདབ་ཡངས་ང་།།
སྡོད་ས་དབེན་པའི་རི་ལ་བྱེད།།
བརྩེ་གདུང་ལྷ་ཆོས་གྲོགས་ལ་བྱེད།།

སྙད་མོ་རང་གི་སེམས་ལ་བལྟ། །
ཡིད་མཐུན་བགྲོ་གླེང་ཁྱོད་ལ་བྱེད། །
ཚིག་ལ་སྦྲ་གསང་མེད་པར་ཞུ། །

ཞེས་ཟེར་བས་བྲམ་ཟེའི་ཁྱེའུ་པདྨ་དགྱེས་པས་ཀྱང་། གསེར་གྱི་སྦྲང་ཆུང་འདབ་ཡངས་འདི་གཞུང་བཟང་ཕྱི་ཐག་རིང་ཞིང་རྩུགས་ཐུབ་པ་ཡིན་པས་ཐོ་ཅོའི་བློ་མང་བྱེད་པ་ཕལ་པ་དང་མི་འདྲ་བ་ཙམ་ཞིག་ཡོད། གང་ལྟར་ཡང་དུ་ལྟའི་ཟེར་རྩལ་ལ་དཔགས་ན་གཉིང་ནས་ཆོས་ལ་དད་པ་འདྲ་མོ་ཞིག་འདུག་པས། དེ་ལྟར་ན་ཁོང་གི་བློ་ལ་འཐད་པའི་གཏམ་ཞིག་བྱེད་དགོས་སྙམ་ནས་འདི་སྐད་དུ།

ཀྱེ་ཀྱེ་ཡིད་གཙུགས་སྙིང་གི་གྲོགས། །
གསེར་གྱི་སྦྲང་ཆུང་འདབ་ཡངས་ཁྱོད། །
བློ་གཏད་དཀོན་མཆོག་གསུམ་ལ་བྱས། །
ཡིད་ཆེས་དམ་པའི་ཆོས་ལ་འབྱུངས། །
སྐྱོ་ཤས་ངེས་འབྱུང་བློ་རྟ་བསྐུང་། །
སྐྱབ་ལ་མོས་པ་ཡོད་པ་དེ། །
ཚེ་སྔོན་ལེགས་སྦྱོན་སོང་བའི་རྟགས། །
འདུས་བྱས་མི་རྟག་སྒྱུ་མར་གོ །

འཁོར་བའི་གྲོང་ལ་སྐྱོ་བ་སྐྱེས། །

ཆོས་བརྒྱུད་ཆེ་འདིའི་བློ་ངན་བཏོལ། །

དབེན་པའི་རི་ལ་དགའ་བ་དེ། །

ཆོས་ལ་ལས་འགྲོ་ཡོད་པའི་རྟགས། །

རྣམ་དཔྱོད་ཐོས་བསམ་ཡུལ་ལ་ཤར། །

ལས་འབྲས་ཟབ་མོའི་ཕྲང་བླངས་ཀོ །

རྒྱལ་སྲས་དམ་པའི་མཛད་སྤྱོད་ཤེས། །

ལམ་མཆོག་འཇུག་སྒོ་རྙེད་པ་དེ། །

དམ་པའི་མགོན་གྱིས་བྱིན་པའི་རྟགས། །

སྐལ་བ་བཟང་པོའི་སྤྲང་ཚུང་ལ། །

བླ་མ་བཟང་པོའི་སློབ་མ་ངས། །

ངེས་ཤེས་བཟང་པོའི་གསལ་ཞིག་འདེབས། །

ཐུགས་བསྐྱེད་བཟང་པོའི་སྨོན་པ་མཛོད། །

མར་ལ་འཁོར་བའི་གྲོང་ཞིག་ན། །

སྣོད་ལ་འཁྲུལ་སྣང་སྒྱུ་མ་ཟེར། །

བཅུད་ལ་ཡ་འཕས་འཁྲུལ་པ་ཟེར། །

སྣོད་བཅུད་འཛོམས་པའི་སྐབས་ཤིག་ན། །

སྡིག་ལ་ཏབ་ཐོབ་བྱས་བྱས་ནས། །

སྡུག་བསྔལ་ནགས་མེ་མཆེད་པ་འདྲ། །

དགེ་ལ་རྒྱབ་ཀྱིས་ཕྱོགས་ཕྱོགས་ནས། །

བདེ་སྐྱིད་ནམ་ཡང་སྐར་མ་འདྲ། །

སྡུག་ངན་དང་དུ་བླང་བླང་ནས། །

དུས་ངན་དགོང་ཀའི་གྲིབ་སོ་འདྲ། །

ཞེ་སྡང་གཏུག་པའི་རང་འཐག་ལ། །

འདོད་ཆགས་ཞེན་པའི་ལྟེ་ཁུང་དོད། །

མཐོ་རིས་མི་ཡི་ཡོས་ཁྲ་ཧྲུགས། །

བཏགས་ཤིང་ངན་སོང་གཏིང་དུ་བབས། །

སྟེང་ནས་གོད་ཀྱི་ཆེ་ལུགས་ལ། །

ཞབས་ནས་འཕེལ་གྱི་མང་ལུགས་ལ། །

རྒྱུ་འབྲས་བབས་ཀྱི་ཞིབ་ལུགས་ལ། །

གནའ་ཞིག་འཛམ་གླིང་མི་ཡུལ་ན། །

གྲོང་ལ་སྨྲ་དང་རྒྱུད་དུ་འབྲེལ། །

ཕན་ཚུན་བུ་གག་འཕུར་བས་སླེབ། །

ཡོངས་སྡུག་བདེ་སྐྱིད་ལྷ་ལ་འགྲན། །

དཔོན་ལ་འཁོར་ཡོས་སྐྱུར་རྒྱལ་བཞུགས། །

མངའ་ཐང་གསེར་གྱི་འཁོར་ཡོས་བསྐྱུར། །

བྲན་ལ་གླིང་བཞི་གླིང་ཕྲན་བསྐོར། །

ཁྲིམས་ལ་དགེ་བ་བཅུ་པོ་དར། །

མི་འཕེལ་མཐོ་རིས་ལྷ་ཡུལ་འགྲོ། །

ལྷ་འཕེལ་མེ་ཏོག་སྐྱེད་ཚལ་གང་། །

དེང་སང་བསྐལ་པའི་སྙིགས་མ་ལ། །

གྲོང་ལ་གྲུང་རལ་སྤུ་རུ་འབྲེལ། །

ཞིང་ལ་ཐ་བ་རྒྱུད་དུ་མཐུད། །

ཡོངས་སྤྱོད་ཤ་ཁྲག་ཟས་ལ་བྱེད། །

དཔོན་ལ་དམྱལ་བའི་བང་ཆེན་བཞུགས། །

མངའ་ཐང་དམེ་ཤི་འཁྲུག་པས་བསྒྱུར། །

བྲན་ལ་ལས་ངན་སེམས་ཅན་འཁོར། །

ཁྲིམས་ལ་གཡོ་སྒྱུ་ཟ་ཐབས་དར། །

མི་ཟད་རྟིང་པ་ཁྲམ་པས་བཟུང་། །

ཁྲམ་པ་ངན་སོང་གྲོང་སྒོ་འགྲིམ། །

འཕེལ་ལ་དམྱལ་བ་ཚ་གྲང་ཆེ། །

གཡུལ་ལ་ལྷ་མིན་སྲིན་པོ་རྒྱལ། །

བཟའ་ལ་ནད་བདག་གདོན་བདག་ཆེ། །

ཁྲི་ཐོག་རྒྱལ་པོས་ཁྲམ་ཞིག་བྱེད། །

ཐབས་ཀྱིས་ཉེས་མེད་ཆད་པས་གཅོད། །

བརྫུན་གྱིས་བྲན་ལ་ཉེས་པ་བཀྲངས། །

གཡོ་སྒྱུས་རང་གཞན་ཕུང་ལ་སྦྱོར། །

གདུགས་ཞབས་ཟླ་མས་ཁྲམ་ཞིག་བྱེད། །

དམ་པའི་ཆོས་ལ་ཕག་ཅིག་གཡར། །

མངོན་ཤེས་བརྒྱན་གྱི་འོལ་ཚོད་སྒྲོགས། །

དབང་ལ་ནོར་གྱི་ཏོ་བཅོང་བྱེད། །

མཐོ་བའི་དཔོན་ལ་ངོ་འཛིན་བྱེད། །

ཆོས་ལ་གྲོང་པའི་རྐྱེན་བཟློག་བྱེད། །

རི་ཁྲོད་སྒོམ་ཆེན་ཁྲམ་ཞིག་བྱེད། །

རི་ཁྲོད་གནས་ན་རོ་ཉལ་བྱེད། །

ཕལ་པས་མཐོང་ན་ལུས་ཚུགས་འཛིན། །

རང་ནོར་ཡོད་པ་གུད་དུ་ཐུས། །

སྤྱིན་བདག་དྲུང་དུ་ཁ་བསག་བཟོད། །

སྐྱེ་བོ་ཕལ་གྱིས་ཁྲམ་ཞིག་བྱེད། །

སེམས་ལ་ཟླ་མཁན་འཕང་ལོ་འདྲ། །

ཅི་དགོས་ལྟ་ཞིང་འཁོར་ལོ་བསྐོར། །

གཏམ་ལ་མགར་བའི་ལག་ཆ་འདྲ། །

གར་འགྲོ་བལྟ་ཞིང་བདེ་ཁ་བསྒྱུར། །

བྱ་བྱེད་སོས་ཀའི་གནམ་དང་འདྲ། །

ད་ལྟ་དཀར་ཡང་ད་ལྟ་གནག །

ཕྱི་ཐག་སྦྲང་བུའི་མཚུ་དང་འདྲ། །

ཟ་ཆེ་ཡོད་དེ་ཚར་ཆེ་མེད།།

ཛོ་སྲུང་ཐང་ཀའི་རི་མོ་འདྲ།།

ལྷ་སོ་ལེགས་ཀྱང་ཕྱི་སོ་མེད།།

དད་འདུན་སློ་བའི་ཚོད་མ་འདྲ།།

ཁ་ལ་ཡོད་དེ་གཉིང་ལ་མེད།།

ཆོས་པ་རྣམས་ཀྱིས་ཁྲམ་ཞིག་བྱེད།།

ཐོས་བསམ་སྦྱོང་མོའི་ལུས་དང་འདྲ།།

མགོ་བོ་ཆེ་སྤེ་མཛུག་མ་ཕྲ།།

དོན་གཉེར་ཕྲལ་པའི་ཁ་དང་འདྲ།།

ཉན་དུས་ཡོད་དེ་སྒྲུབ་དུས་མེད།།

རྫུན་གྱིས་བླ་མའི་མགོ་བོ་བསྐོར།།

གཡོ་ཡིས་ཆོས་མིན་ཆོས་སུ་བརྫུ།།

སྒྱུ་ཡིས་ཉམས་ལེན་ཁ་བཤད་བྱེད།།

ས་སྙིང་ཁྲམ་པས་བཟུང་བའི་དུས།།

བདེན་པའི་གཞུང་ལམ་གང་ནས་འཛིན།།

རྒྱལ་ཁམས་ཟློག་པོས་གང་བའི་དུས།།

མཁས་པའི་གཞུང་ལུགས་སུ་ལ་འཆད།།

རྒྱལ་པོས་རང་ཁྲིམས་བཤིག་པའི་དུས།།

འབངས་ཀྱི་སྐྱིད་སྡུག་སུ་ལ་རེ།།

བླ་མས་རང་དོན་གཉེར་བའི་དུས། །

ཉམ་ཐག་གཞན་ཕན་སུ་ཡིས་བྱེད། །

དཔོན་གྱིས་བྲན་འཁོར་བཅོམ་པའི་དུས། །

ཉམ་ཆུང་ཁ་འཛིན་སུ་ལ་རེ། །

ཀྱེ་མ་ཀྱི་ཧུད་ཀྱེ་མ་སྐྱོང་། །

ཁྱེའུ་ཆུང་སྐྱོ་བ་གཉིད་ནས་སྐྱེས། །

མི་རྟག་སྨིན་པོའི་སོ་བར་ན། །

ཁམས་གསུམ་སེམས་ཅན་འཁོར་ཞིང་རྒྱུ། །

ད་དུང་རྟག་འཛིན་ཞེན་པས་བཅིངས། །

ཚེ་འདིར་རང་དོན་བསྒྲུབས་བསྒྲུབས་ནས། །

འཆི་ཁར་འགྱོད་པས་བྲང་ལག་འཐབ། །

སང་གི་ཚིས་ལ་བློ་ཐག་གཅོད། །

ཕྱི་མའི་ཆོས་ལ་ཕྱི་བཤོལ་བྱེད། །

ད་ནངས་གསོན་པོའི་ལུས་པོ་ལགས། །

དོ་དགོང་རོ་ཞེས་འབོད་ལ་སྟོས། །

སང་དང་འཇིག་རྟེན་ཕྱི་མ་གཉིས། །

སྔོན་ལ་གང་ཡོང་ཤེས་ལགས་སམ། །

ཁྱེའུ་ཆུང་པད་མ་དགྱེས་པ་ང་། །

བླ་མ་སངས་རྒྱས་དངོས་དང་མཇལ། །

ཐུགས་བརྩེ་ཐུགས་རྗེས་རྗེས་སུ་བཟུང་།།
དད་འདུན་ཡིད་ཆེས་རྩེ་གཅིག་ཡིན།།
མོས་གུས་ལྷེམ་རྒྱང་བྱེད་མ་སྦྱོང་།།
ཨུ་དོན་བློ་ལ་གང་ཤར་ཡིན།།
ཚིག་སྒྲོས་གདམ་ག་བྱེད་མ་སྦྱོང་།།
བྱེད་སྤྱོད་རང་གཤིས་ལྷུག་པ་ཡིན།།
གཡོ་སྒྱུ་ངོས་ལྐོག་བྱེད་མ་སྦྱོང་།།
བློ་གཏད་མི་གཅིག་ལྷ་གཅིག་ཡིན།།
སྐྱབས་གནས་གཞན་ནས་འཚོལ་མ་སྦྱོང་།།
དམ་པའི་དྲུང་དུ་འདུག་ཨུན་རིང་།།
མཁས་པའི་བླ་མ་བསྟེན་གྲངས་མང་།།
ཕྱོགས་མེད་གཞུང་ལུགས་མཐོང་རྒྱ་ཆེ།།
དེ་ཕྱིར་ཆོས་དང་ཆོས་འདྲ་ཤེས།།
གསེར་གྱི་སྦྲང་ཚུང་འདབ་ཡངས་ཕྱེད།།
སྙིང་ནས་ཆོས་ཤིག་མཛད་དགོངས་ན།།
སྐྱེ་རབས་གཉིད་ནས་སྐྱེས་པ་ན།།
འདྲ་མིན་སྤྲང་བའི་ཆོས་ཤིག་དགོས།།
དང་པོ་ཆོས་ལམ་གཉེར་བའི་དུས།།
སྐྱེ་རབས་འདི་ལ་འདྲ་ཞིག་ཡོད།།

སྡུག་བསྔལ་ཅན་གྱི་གདུང་ཤུས་གཅིག །

གློ་བུར་རྐྱེན་གྱིས་ཡི་ཆད་གཉིས། །

སྙིང་སྡུག་གྲོགས་ཀྱི་ཞེ་འཁོན་གསུམ། །

ངལ་དུབ་དཀའ་བའི་ཚེགས་ཤུས་བཞི། །

གནས་སྐབས་འགྱུར་བའི་ཁམས་འདུས་ལྔ། །

སྐྱོ་པས་འདྲ་སྟེ་སྐྱོ་པས་མིན། །

ངེས་འབྱུང་འདི་ལ་འདྲ་ཞིག་ཡོད། །

ཆ་ལུགས་འཚོས་པའི་འཕྱོར་འདོད་གཅིག །

རི་ཁྲོད་བདེ་བའི་དལ་འདོད་གཉིས། །

ནུས་མཐུ་རེ་བའི་བཟླས་བརྗོད་གསུམ། །

རྒྱལ་ཁམས་ལྟད་མོའི་གནས་བསྐོར་བཞི། །

རེ་དོགས་སྒྲུབ་པའི་ཆོས་བརྒྱད་ལྔ། །

ངེས་འབྱུང་འདྲ་སྟེ་ངེས་འབྱུང་མིན། །

རི་ཁྲོད་འཛིན་ལ་འདྲ་ཞིག་ཡོད། །

ཕྱི་དམ་ནང་སློད་དེ་དང་གཅིག །

ཁྲིག་མེད་བག་ཡངས་དེ་དང་གཉིས། །

ལས་ཤེས་རིག་གནས་སྦྱོང་དང་གསུམ། །

འཕྲུལ་སྤྱོད་ཅ་ལག་མང་དང་བཞི། །

གཉིད་ཉལ་མི་ཚེ་འཁྲུལ་དང་ལྔ། །

རི་ཁྲོད་བསྟོད་ཀྱང་སྙིང་པོ་མེད། །
ཞེན་ལོག་འདི་ལ་འདྲ་ཞིག་ཡོད། །
མི་ཆོས་མ་ཡེར་གྲོས་ཁྲུང་གཅིག །
སྐྱོ་རྙོད་རྒྱུག་པའི་ཐོ་ཙེ་གཉིས། །
བསམ་བློ་མ་བཏང་ཁ་ཕོ་གསུམ། །
མདོ་མེད་ནོར་ལ་རྩིས་ཆུང་བཞི། །
བློ་མེད་འཕྲུལ་གྱི་ཐབས་རྟགས་ལྔ། །
ཞེན་ལོག་འདྲ་སྟེ་ཞེན་ལོག་མིན། །
རྒྱལ་ཁམས་འགྲིམས་ལ་འདྲ་ཞིག་ཡོད། །
ལྟད་མོ་བལྟ་བའི་མཚར་འདོད་གཅིག །
དད་པ་མ་སྐྱེས་གནས་མཇལ་གཉིས། །
ཕན་ཡོན་མི་ཤེས་བསྐོར་བ་གསུམ། །
ཟ་འདོད་བསླད་ཚོལ་ཁྲམ་པ་བཞི། །
བསམ་བློ་མ་བཏང་སྐོར་རྒྱུག་ལྔ། །
གནས་བསྐོར་འདྲ་སྟེ་གནས་བསྐོར་མིན། །
མཚམས་སྒྲུབ་བྱེད་ལ་འདྲ་ཞིག་ཡོད། །
ལྟར་སྣང་མེད་པའི་བཟླས་བརྗོད་གཅིག །
ངེས་ཤེས་མེད་པའི་བསྐྱེད་རྫོགས་གཉིས། །
ཉུས་མཐུ་རེ་བའི་དྲག་སྒྲུབ་གསུམ། །

རྣམ་གྲངས་བརྩི་བའི་དུས་སོན་བཞི། །
འདི་སྣང་རེ་བའི་ཕྲིན་སྒྲུབ་ལྔ། །
མཚམས་སྒྲུབ་འདྲ་སྙེ་སྙིང་པོ་མེད། །
བར་དུ་ཉམས་སུ་ལེན་པའི་དུས། །
སྐྱབས་འགྲོ་འདི་ལ་འདྲ་ཞིག་ཡོད། །
ཚིག་ཙམ་གསོག་པའི་ཁ་གྲངས་གཅིག །
ཁྱེད་ཤེས་བློ་གཏད་མི་ཤེས་གཉིས། །
སྐྱབས་ཡུལ་ཁྱད་པར་མི་ཤེས་གསུམ། །
དཀོན་མཆོག་ཡོན་ཏན་མི་ཤེས་བཞི། །
རེ་འཁང་བྱེད་པའི་སྐྱབས་འགྲོ་ལྔ། །
སྐྱབས་འགྲོ་འདྲ་སྙེ་སྙིང་པོ་མེད། །
སེམས་བསྐྱེད་འདི་ལ་འདྲ་ཞིག་ཡོད། །
རང་བཟང་འདོད་པའི་སེམས་བསྐྱེད་གཅིག །
རྣམ་སྨིན་འབྲས་བུ་འདོད་དང་གཉིས། །
ཕྱོགས་རིས་ཅན་གྱི་སྙིང་རྗེ་གསུམ། །
ཁ་ཙམ་བྱེད་པའི་སེམས་བསྐྱེད་བཞི། །
བསླབ་བྱ་མི་ཤེས་གོ་ཡུལ་ལྔ། །
སེམས་བསྐྱེད་ཟེར་ཡང་སྙིང་པོ་མེད། །
བསྐྱེད་རིམ་འདི་ལ་འདྲ་ཞིག་ཡོད། །

གསལ་སྣང་མ་ཟིན་ང་རྒྱལ་གཅིག །

ང་རྒྱལ་མེད་པའི་གསལ་སྣང་གཉིས། །

རང་རྒྱུད་འཛིན་པའི་རེ་དོགས་གསུམ། །

སེམས་བསྐྱེད་མེད་པའི་དུག་ཤུལ་བཞི། །

དག་རྫོགས་སྨིན་གསུམ་མི་སྦྱོར་ལྔ། །

བསྐྱེད་རིམ་ཟེར་ཡང་འཁོར་བའི་རྒྱུ། །

རྫོགས་རིམ་འདི་ལ་འདྲ་ཞིག་ཡོད། །

འོད་གསལ་མི་ཤེས་ཙ་རླུང་གཅིག །

སྒྱུ་མར་མི་འབྱོངས་སྒོ་ལམ་གཉིས། །

ཙ་མདུད་མི་གྲོལ་ཐབས་ལམ་གསུམ། །

གྲོལ་ལུགས་མི་ཤེས་ཕྱག་རྫོགས་བཞི། །

སྣང་ངོར་ཞེན་པའི་ཐོད་རྒལ་ལྔ། །

རྫོགས་རིམ་ཟེར་ཏེ་སྙིང་པོ་མེད། །

ཐ་མ་བསྒྲུབས་འབྲས་འབྱིན་པའི་དུས། །

གཞན་དོན་བྱེད་ལ་འདྲ་ཞིག་ཡོད། །

ཉམས་སྣང་བསྒྲུབས་པའི་མངོན་ཤེས་གཅིག །

ལྷ་འདྲེས་བརྐམས་པའི་གྲུབ་རྟགས་གཉིས། །

ཆོས་བརྒྱུད་སྒྲུབ་པའི་ཆོས་བཤད་གསུམ། །

ཆོས་ལ་མི་འདོད་འཁོར་སྤུད་བཞི། །

རང་ཉམས་མེད་པའི་ཁྲིད་བཤད་ལྷ། །

འགྲོ་དོན་འདྲ་སྟེ་སྙིང་པོ་མེད། །

འདྲ་མིན་ལྷ་བཅུ་རྩ་ལྷ་འདི། །

གཞན་སྐྱོན་ལྟ་བའི་མེ་ལོང་མིན། །

ངས་ཀྱང་རང་ལ་གསལ་འདེབས་ཡིན། །

ཁྱེད་ཀྱང་རྒྱུན་དུ་ཐུགས་ལ་ཆོངས། །

ལྟར་སྣང་ཆོས་བཞིན་བྱེད་པའི་དུས། །

འདྲ་མིན་གོལ་ས་ཐུང་མ་ཐུང་། །

ཞུ་དག་ཞིབ་ཏིག་ནན་ཏན་དགོས། །

ཚིག་ལ་སྐྱན་ཆ་མི་ཆེ་ཡང་། །

དོན་ལ་ཟབ་དགུའི་རོ་བཅུད་བདལ། །

མཚུངས་མེད་བླ་མའི་ཞལ་རྒྱུན་ཡིན། །

སྙིང་ནས་དམ་ཆོས་མཛད་དགོངས་ན། །

ཁ་ཞོ་ཁ་བཤད་བྱེད་རྒྱུ་མེད། །

ཚོམ་ར་བཅའ་ག་བསྒྲིགས་རྒྱུ་མེད། །

དུས་ཚོད་ངེས་བཟུང་བྱེད་རྒྱུ་མེད། །

པར་ལ་ཆོས་སྐོགས་འགྲོ་མི་དགོས། །

ལྷ་ཆོས་ལུས་དང་ཡན་ལག་འདྲ། །

ནམ་དགོས་རང་གི་དྲུང་ན་ཡོད། །

སྐད་ཅིག་རེ་ར་ཡང་སྙིང་རུས་དགོས། །

ཐང་གཅིག་རེ་ར་ཡང་གསལ་འདེབས་དགོས། །

ཡུད་ཙམ་རེ་ར་ཡང་ཞུ་དག་དགོས། །

ཉིན་ཞག་རེ་ར་ཡང་བསྐྱོ་བགྲང་དགོས། །

ནངས་མ་རེ་བཞིན་དམ་བཅའ་དགོས། །

ཐུན་རེ་བཞིན་དུ་བརྟག་དཔྱད་དགོས། །

ཞར་དང་ཞོར་ལ་མི་འབྲལ་དགོས། །

དུས་དང་རྒྱུན་དུ་མི་བརྗེད་དགོས། །

ཉམས་ལེན་ཞིབ་ལ་མ་ཕེབས་ན། །

རྩོམ་རེ་ཆེ་བའི་ཆོས་པ་དེ། །

ཆོས་གཟུགས་འོང་བའི་དོན་འབྲས་མེད། །

ལེ་ལོས་རི་ལ་ཁྲེར་དང་གཅིག །

རྣམ་གཡེང་དགོན་པར་སྒྲུབ་དང་གཉིས། །

སྐྱིད་འདོད་དབེན་པ་འཚོལ་དང་གསུམ། །

དེ་ལས་སྡུག་པ་སྲིད་ན་མེད། །

དགོངས་སམ་གསེར་སྦྲང་ལྕེ་ཡི་སྲས། །

སྐྱིད་ན་མི་དགའ་སྡུག་ན་དགའ། །

སྐྱིད་ན་ཉོན་མོངས་དུག་ལྔ་འབར། །

སྡུག་ན་སྔོན་བསགས་ལས་ངན་འཛད། །

སྡུག་བསྔལ་བླ་མའི་ཐུགས་རྗེ་ཡིན། །

བསྟོད་ན་མི་དགའ་སྨད་ན་དགའ། །

བསྟོད་ན་ང་རྒྱལ་ཁེངས་སེམས་ཆེ། །

སྨད་ན་རང་སྐྱོན་ཐེར་ལ་འབུད། །

མི་ཁ་ལྷ་ཡི་ཕ་འབབ་ཡིན། །

མཐོ་ན་མི་དགའ་དམའ་ན་དགའ། །

མཐོ་ན་ཕྲག་དོག་ང་རྒྱལ་སྐྱེ། །

དམའ་ན་བག་ཡངས་དགེ་སྦྱོར་འཕེལ། །

དམན་ས་གོང་མའི་གདན་ས་ཡིན། །

འབྱོར་ན་མི་དགའ་ཀྲད་ན་དགའ། །

འབྱོར་ན་གསོག་སྲུང་སྡུག་བསྔལ་ཆེ། །

ཀྲད་ན་དཀའ་སྤྱད་ལྷ་ཆོས་འགྲུབ། །

སྤྲང་ལུས་ཆོས་པའི་གཏད་སོ་ཡིན། །

ཁྲིན་ན་མི་དགའ་འཕྲོག་ན་དགའ། །

ཁྲིན་ན་ལན་ཆགས་འཁུར་པོ་འཕེལ། །

འཕྲོག་ན་ཆེ་རབས་བུ་ལོན་སོད། །

ཚིག་ཉེས་འཕགས་པའི་སྒྲི་ནོར་ཡིན། །

གཉེན་ལ་མི་དགའ་དགྲ་ལ་དགའ། །

གཉེན་གྱིས་ཐར་ལམ་བར་དུ་གཅོད། །

དགྲ་བོ་བཟོད་པའི་ཡུལ་དུ་བྱེད། །

ར་སྒོམས་ཉམས་ལེན་གནད་འགགས་ཡིན། །

ཆོས་བཞིན་མཛད་ན་དེ་འདྲ་དགོས། །

བློ་ཐག་ཆོད་ན་དེ་འདྲ་དགོས། །

རི་ཁྲོད་འཛིན་ན་དེ་འདྲ་དགོས། །

རྒྱལ་ཁམས་འགྲིམ་ན་དེ་འདྲ་དགོས། །

གདམས་ཟབ་གནད་ཀྱི་མདོ་འགག་ཐུག །

ཕ་གཅིག་བླ་མའི་ཞལ་རྒྱུན་ཡིན། །

བུ་གཅིག་སེམས་ཀྱི་གཏད་སོ་ཡིན། །

སྙིང་གི་སྙིང་པོ་ཚིག་ཐུག་འདི། །

གྲོགས་གཅིག་ཁྲིད་རང་མ་ལགས་པ། །

གཞན་ལ་ཚིག་ཟུར་ཞུད་པ་མེད། །

ཨེ་མ་གསེར་སྒྲུང་ལྷ་ཡི་གྲུས། །

གནས་ལ་རྗེ་མཐོ་པད་མའི་རི། །

ལྷ་གཅིག་སྒྲོལ་མའི་ཞིང་ཁམས་ཡིན། །

ཐུགས་རྗེ་ཆེན་པོའི་ཕོ་བྲང་ཡིན། །

པད་མ་རྒྱལ་པོའི་སྒྲུབ་གནས་ཡིན། །

རི་ལ་སྨོས་དང་འཕགས་པའི་སྐུ། །

སེམས་ཉིད་ངལ་བསོའི་བཀོད་པ་རྫོགས། །

བྲག་ལ་སྒོམ་དང་འཕགས་པའི་གསུང་། །

རང་གྲོན་ཡིག་དྲུག་བགྲང་ལས་འདས། །

ཤིང་ལ་སྒོམ་དང་སྔོ་ལྗང་ཚལ། །

གཡུ་ལོ་བཀོད་པའི་ཁྲིད་ཆོས་རྫོགས། །

དུག་སྦྲུལ་གདུག་པས་མཐའ་ནས་བསྐོར། །

སྐལ་དམན་བློ་ཆུང་བགྲོད་པར་དཀའ། །

གྲུ་འཛིན་རི་བོའི་མཚན་ཉིད་རྫོགས། །

མདུན་ནས་ཐུགས་སྤྲུལ་པད་མ་སྐྱེས། །

འགྲོ་བའི་དོན་ལ་སྤྲུལ་པ་འགྱེད། །

འདབས་ན་འཕགས་མའི་ཕོ་བྲང་མཛེས། །

ལྷ་མོའི་འགྲོ་དོན་དུས་ལ་བབས། །

ཐུགས་རྗེ་ཆེན་པོའི་ཐུགས་ཀ་ན། །

པད་མ་དགྱེས་པའི་སྐྱབ་ཕྱག་ཡོད། །

ལྷ་ལ་སྤྱན་རས་གཟིགས་དབང་བཞེན། །

ཐུགས་ལ་ཡི་གེ་དྲུག་མ་བཟླ། །

ཆོས་ལ་བྱམས་དང་སྙིང་རྗེ་བསྒོམ། །

ལམ་ལ་རྒྱལ་སྲས་བདེ་ལམ་སྐོགས། །

སྡུག་བསྔལ་འདོད་ཀྱང་བདེ་བ་འབྱུང་། །

འདི་བདེ་ཕྱི་སྐྱིད་ཨ་ལ་ལ། །

བདེ་ནས་བདེ་བའི་གནས་སུ་འགྲོ། །

གདན་བདེ་མི་འགྱུར་ཨ་ལ་ལ། །

གསོལ་བ་བླ་མ་རྗེ་ལ་འདེབས། །

ཐུགས་རྗེ་མི་གཡེལ་ཨ་ལ་ལ། །

ཡི་དམ་སྤྱན་རས་གཟིགས་ལ་ཞུ། །

དངོས་གྲུབ་མི་འགྲུང་ཨ་ལ་ལ། །

ཨ་ལ་ལ་སྙེ་ངོ་མཚར་ཆེ། །

ཆེ་བར་དགོངས་སམ་ལྷ་ཡི་སྲས། །

ངས་ཀྱང་སྙིང་གི་དམ་བཅའ་གཅིག །

ཁྱེད་ཀྱང་ཡིད་ཀྱི་ཞེ་འདོད་གཉིས། །

མཐུན་ན་གོང་མའི་རྗེས་སུ་སློགས། །

ཆོས་བརྒྱད་ལམ་ཁའི་རོ་བཞིན་དོར། །

འདི་སྣང་གཅོད་པའི་དུག་ལྟར་སྤང་། །

ཉམས་ལེན་བརྩོན་འགྲུས་ཞིབ་ལ་བྱེད། །

གདམས་ངག་མཚང་གི་ཐོག་ཏུ་འབེབས། །

ཁ་ཡོ་ཁ་བཤད་རྒྱང་ལ་བསྐུར། །

སེམས་བསྐྱེད་བྱང་སེམས་གཞུང་ལམ་བསྲང་། །

དེ་ལ་འཐད་ན་གྲོས་ཕང་ཚུགས། །

གྲོས་མཐུན་འགྲིག་པའི་སྤུན་གྲོགས་གཉིས། །

ཐར་བའི་ལམ་ལ་འགྲོགས་ནས་འགྲོ། །

འཁོར་བའི་མཐའ་ལ་སྨོན་པས་བསྐྱང་། །

ཚེ་རབས་ཀུན་ཏུ་འབྲེལ་བས་བསྡུ། །

བྱང་ཆུབ་སྤྱོད་པ་མཉམ་དུ་སྤྱོད། །

འཐད་དམ་དགོངས་སམ་ལྷ་ཡི་སྲས། །

དོན་དུ་འདུ་འོ་ཨ་ལ་ལ། །

གནད་དུ་འདྲིལ་ལོ་ཨེ་མ་ཧོ། །

ཞེས་བཟེར་བས་འདབ་ཡངས་ཀྱི་ཡིད་ལའང་ལྷག་པར་འཐད་དེ་བློ་གྲོས་མཐར་ཕྱིན་པ་ཡིན་སྐད་དོ། །

སྔོན་མཚན་མཁའ་ལ་རྒྱས་པའི་འོད་དཀར་བཞིན། །

མཚན་དཔེ་ལང་ཚོ་ཪོམ་པ་འཛམ་པའི་ལྷ། །

རྒྱལ་བ་ཀུན་ལ་ཡེ་ཤེས་སེམས་དཔའ་སྟེ། །

འགྲོ་བ་ཀུན་ལ་སེམས་ཀྱི་ཆོས་ཉིད་ཡིན། །

མཐའ་ཡས་འགྲོ་ཁམས་སྡུག་བསྔལ་རང་བཞིན་ལ། །

བྱམས་པའི་ཕྱག་ཡངས་རྒྱང་བ་མིག་མི་འཛུམ། །

རྒྱལ་བ་ཀུན་ལ་ཐུགས་རྗེ་ཆེན་པོ་སྟེ། །

འགྲོ་བའི་ཁམས་ལ་ཐར་བའི་ས་བོན་ཡིན། །

གསང་ཆེན་གསང་བ་ཟབ་མོའི་མཛོད་འཛིན་པ། །
རྒྱལ་ཀུན་གསང་བའི་བདག་པོ་རྡོ་རྗེ་ཅན། །
རྒྱལ་བ་ཀུན་ལ་ཡེ་ཤེས་ཕྲིན་ལས་ཏེ། །
འགྲོ་བའི་ཁམས་ལ་རིག་སྟོང་རྗེན་པར་ཞུགས། །
གསོལ་བ་འདེབས་སོ་རྒྱལ་སྲས་རིགས་གསུམ་མགོན། །
བྱིན་གྱིས་རློབས་ཤིག་དབྱེར་མེད་བླ་མ་རྗེ། །
བྱང་ཆུབ་བར་དུ་རིགས་བདག་མི་འབྲལ་ན། །
དུས་ཀུན་ཐུགས་རྗེས་ཟུངས་ཤིག་ཐུགས་རྗེ་ཅན། །

ལྷ་ཆོས་དང་མཐུན་པའི་གཏམ་པདྨའི་ཚལ་གྱི་གློས་གར་ཞེས་བྱ་བ། ཐུ་བཀྲ་ཤིས་དགེ་ལེགས་ཀྱིས་ཚིག་རྩ་བཞག་ནས་རྩོམ་པར་བསྐུལ་བ་ལྟར། བག་ཡངས་ཐྲི་ སྟོད་པོས་སྨུག་ཁྲིས་སུ་བྱས་པའོ།། །།སྭསྟི།།

འདི་ནི་བོད་ལྗོངས་མི་དམངས་དཔེ་སྐྲུན་ཁང་གིས་2000ལོར་པར་དུ་བསྐྲུན་པའི་པར་གཞི་གཞིར་བཟུང་ཡོད།